NUR
a origem de Madhu

Melissa Tobias

Nur - a origem de Madhu
Copyright © 2021 by Melissa Tobias
Copyright © 2021 by Novo Século Ltda.

EDITOR: Luiz Vasconcelos
COORDENAÇÃO EDITORIAL: Stéfano Stella
PREPARAÇÃO: Flávia Cristina de Araújo
REVISÃO: Thiago Fraga e Daniela Georgeto
CAPA E DIAGRAMAÇÃO: Plinio Ricca
PROJETO GRÁFICO: Plinio Ricca e Stéfano Stella

Texto de acordo com as normas do Novo Acordo Ortográfico
da Língua Portuguesa (1990), em vigor desde 1º de janeiro de 2009.

Dados Internacionais de Catalogação na Publicação (CIP)
Angélica Ilacqua CRB-8/7057

Tobias, Melissa
NUR : origem de Madhu / Melissa Tobias. – Barueri, SP : Novo Século Editora, 2021.
208 p.

1. Ficção brasileira I. Título

21-1342   CDD B869.3

Índice para catálogo sistemático:
1. Literatura brasileira : Ficção

Alameda Araguaia, 2190 – Bloco A – 11º andar – Conjunto 1111
CEP 06455-000 – Alphaville Industrial, Barueri – SP – Brasil
Tel.: (11) 3699-7107 | E-mail: atendimento@gruponovoseculo.com.br
www.gruponovoseculo.com.br

PARA VOCÊ.

1

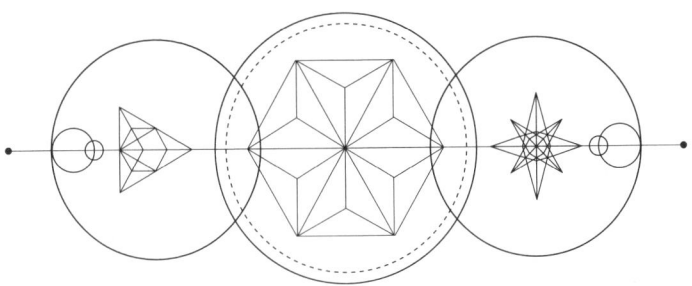

A ilha de Maeer localizava-se na mandala de Ashter, no norte da Lemúrya, a região que mais nevava em todo o continente lemuryano. E, apesar de pequena, a ilha tinha grande importância no mundo. As sacerdotisas do grande templo de Karllyn, em Maeer, eram conhecidas, reverenciadas e temidas, por serem as mais poderosas dentre os dois grandes reinos: a antiga Lemúrya e Atlântida.

Diferentemente das grandes mandalas lemuryanas e atlantes – que eram modernas, com alta tecnologia e reluzindo a ouro –, Ashter não chamava muito a atenção; possuía um pequeno diâmetro e prezava pela simplicidade de uma arquitetura rústica. As construções eram, em sua maioria, edificadas com pedras locais.

A ilha de Maeer seguia o mesmo padrão, com ruelas estreitas e construções simplórias de pedras brutas, sem o glamour das grandes cidades que reluziam a ouro, selenita e cristais polidos. Maeer era uma pequena ilha sagrada, um poderoso vórtex de energia feminina.

Durante o auge da lua nova, a maré baixava, e uma estrada de pedras brutas surgia, ligando Maeer ao continente. No entanto, durante as demais fases lunares, Maeer ficava completamente ilhada. A ilha era toda murada. Seus muros serviam de proteção contra as violentas ondas do mar, que durante as tempestades tentavam penetrar Maeer com brutalidade.

No topo da ilha sagrada encontrava-se o templo de Karllyn, com sua famosa Escola de Magia.

As moradias e os comércios serpenteavam a ilha até seu majestoso topo.

As mulheres de Maeer eram, em sua grande maioria, bruxas e sacerdotisas. As bruxas trajavam túnicas pretas, distinguindo-se das sacerdotisas, que usavam túnicas marrons. Os homens não gostavam de Maeer, pois não tinham poder naquele local; as mulheres tinham seus poderes fortalecidos. Por isso, eram raros os habitantes masculinos na ilha.

Lemúrya e Atlântida eram comandadas pelas mulheres, e seu poder de magia e intuição. Elas tinham muito mais poderes do que os homens. Eram raros os magos e deuses de grande poder.

O imponente templo de Karllyn lembrava um castelo medieval; a construção fora erguida com pedras rústicas, possuía imensas muralhas, torres e uma ponte levadiça. No cume da torre mais alta, estendia-se ao céu uma

CAPÍTULO 1

imagem esculpida em ouro da deusa Karllyn. Ela possuía crânio alongado, o que revelava sua descendência nobre de antigos deuses. A deusa fora esculpida com sua mão esquerda pousada no coração, simbolizando compaixão, e o olhar dirigido para o vasto horizonte do mar, além dos muros de Maeer. Ela representava a guardiã de todo o reino da antiga Lemúrya.

Maeer situava-se sobre um amplo manto de águas termais. No interior das grossas paredes de pedra do templo de Karllyn, as águas termais corriam como sangue nas veias, mantendo o imenso templo aquecido e vivo.

Era ali, protegida pelas grossas e tépidas paredes da Escola de Magia de Karllyn, que Nur fazia morada desde que fora enviada, ainda muito jovem, para estudar na escola de magia mais cobiçada dos dois reinos.

Nur era filha da poderosa deusa Mut e do deus Ámon. Por tal prestígio genético, fora prontamente aceita na Escola de Magia de Karllyn para se tornar uma grande sacerdotisa, ou, quem sabe, uma poderosa deusa como sua mãe – era o que todos esperavam da jovem Nur.

Diferentemente de todas as outras aprendizas, Nur não tinha o mérito de um dom especial para estudar naquela nobre escola. Somente as jovens mais talentosas, com algum poderoso dom, eram aceitas como aprendizas no templo de Karllyn. Mas, no caso de Nur, ela só estava ali por ser uma privilegiada filha de deuses. Isso a obrigava a se esforçar muito mais do que as outras aprendizas, para provar seu valor e merecimento por estar sendo educada na notória Escola de Magia de Karllyn.

As melhores amigas de Nur – Zaliki, Maleca, Yara e Safira – eram as únicas ali que não a menosprezavam por sua falta de dons.

Zaliki era uma fada baixinha, magra e delicada – como toda fada –, com longos cabelos acobreados e olhos cor de mel; e tinha o dom de implantar a ilusão na mente humana. Muitas aprendizas a procuravam quando queriam experimentar os efeitos alucinógenos de uma prazerosa ilusão. Zaliki ficava feliz em oferecer essas ilusões às amigas.

Maleca era uma bela garota negra, de pele perfeita. Filha da deusa Bastet, tinha olhos dourados enigmáticos e alegres. Sua beleza exótica, hipnotizante, vinha de uma linhagem nobre de deuses de um universo distante.

Safira, pequena e delicada, tinha olhos verdes cintilantes, e o dom de se comunicar com o espírito da água.

Yara, das cinco, parecia a mais temperamental. Tinha o poder de alterar as emoções de qualquer pessoa, exceto dela mesma.

Zaliki e Maleca eram as mais próximas, sem dúvida, as melhores amigas de Nur; como irmãs.

Apesar de ser menosprezada pela maioria das garotas por não ter dons, Nur nunca foi desrespeitada, pois sua aparência era intimidadora. Fisicamente se parecia com sua mãe – a poderosa deusa Mut –, com longos cabelos castanhos acobreados e magnéticos olhos cor de violeta, típicos da nobreza descendente de Vênus.

Os dormitórios das aprendizas ficavam na torre oeste do templo de Karllyn. Nur dividia um deles com Zaliki. O quarto tinha uma janela com incrível vista

CAPÍTULO 1

para o vasto mar de Maeer. Graças às águas termais que envolviam o templo, a temperatura no interior do dormitório era agradável.

Ao amanhecer, no *Dia Fora do Tempo* – equivalente à data de passagem para um novo ano –, Nur acordou com o barulho azucrinante de um corvo bicando a janela de seu quarto. Olhou para a cama de Zaliki; a amiga continuava dormindo. Ainda zonza de sono, Nur se levantou para espantar a ave.

Através da janela de vidro com grades que formavam losangos, tudo o que Nur via era uma densa névoa e uma forte nevasca. O inverno havia chegado em Maeer. O corvo era um presságio. Aquele *anel solar* não seria fácil. Ao intuir o mau prenúncio, ela sentiu um arrepio percorrer seu corpo. Nur aproximou-se da parede de pedra para se aquecer. Sabia que não conseguiria voltar a dormir.

Para não acordar a amiga, vestiu seu uniforme de aprendiza do terceiro ano: uma túnica marrom com capuz, de mangas longas, tendo o símbolo dourado da semente da vida sobre o coração; calçou as botas forradas com lã de carneiro e saiu. Percorreu os corredores sombrios do templo rumo à biblioteca.

Nos dois primeiros anéis solares, vivendo no templo de Karllyn, Nur costumava se perder pelos corredores. Havia muita magia naquele lugar. As paredes emitiam sons, às vezes assustadores, como gemidos, e o vento a uivar rente às frestas das janelas parecia o sussurrar de seres trevosos em sofrimento. No começo, Nur se assustava, e se perdia como se estivesse em um labirinto sem saída. Mas, com o tempo, ela se familiarizou com todas as suas passagens. O segredo para não se perder era deixar-se guiar pela intuição, e não pela razão. Tentar entender o mapa arquitetônico do templo de Karllyn era impossível, pois as paredes pareciam mudar de lugar, como mágica. O templo parecia ter o mesmo poder de Zaliki, de criar a ilusão na mente humana. Então, quando passou a andar pelos corredores do templo seguindo sua intuição, Nur nunca mais se perdeu.

Encontrou a biblioteca. Aquele era um de seus refúgios preferidos.

Era muito cedo, o local estava vazio, exceto por uma sacerdotisa que estava em uma discreta mesa num dos cantos da biblioteca, diante de um imenso livro. Ela estava com o rosto escondido sob seu capuz, mas Nur sabia que aquela era a professora Ava; a reconheceu pelas tatuagens de serpentes em suas mãos.

Nur pegou um livro sobre energia vril. Estava fraca na disciplina de *natureza cósmica*. Escolheu uma mesa no centro da biblioteca, sentou-se e abriu seu livro sem muito entusiasmo.

– Também não consegue dormir? – perguntou Ava, do outro lado do ambiente.

Nur sobressaltou-se, surpresa com o romper do silêncio.

A professora Ava sempre demonstrou não gostar muito de Nur. Cobrava mais dela do que das outras aprendizas. Olhava-a de forma julgadora, parecendo sempre desapontada. Nur achava inusitado ela querer puxar assunto ali na biblioteca. A professora continuava em seu canto com o rosto coberto pelo capuz.

– Fui acordada por um corvo.

CAPÍTULO 1

— Um corvo — repetiu Ava, pensativa. — Esse não será um anel solar fácil.

Nur revirou os olhos sem que Ava pudesse ver.

— Nunca é fácil. Ainda mais para mim — disse Nur, lamentosa.

Ava levantou-se com determinação. Abandonou seu livro na mesa e seguiu na direção de Nur. Espalmou as mãos na mesa onde a aprendiza estudava e pronunciou com fúria:

— Quando é que vai fazer por merecer a vaga que ganhou na Escola de Magia de Karllyn?

Nur arregalou os olhos, assustada. Apesar de já ter notado que Ava não gostava dela, a professora nunca havia sido tão agressiva.

— Não tenho culpa de ser filha de deuses. Desculpe se a irrita o fato de eu não ter nenhum dom de mérito para estar aqui.

— Você tem uma ideia completamente errada do que é um dom. Dom é uma consequência de quem você é. Se parasse de choramingar e se voltasse ao autoconhecimento, não estaria desapontando a todos com essa postura mimada de vitimização. Justo agora, quando a grande ameaça marciana se aproxima.

Nur não fazia a menor ideia sobre o que a professora Ava se referia.

— A grande ameaça marciana? — perguntou, curiosa.

— Garota estúpida — disse Ava; então se virou sobre os calcanhares e se retirou da biblioteca.

Ava acabou dizendo o que não devia. Ela tinha a grande esperança de que um dia a filha da grande deusa Mut fosse capaz de se tornar uma poderosa sacerdotisa. Mas, com o tempo, Nur mostrava-se apenas uma garota mimada, tola e comum; sem nenhum dom.

Além de não conseguir dormir, agora Nur também não conseguiria prestar atenção à sua leitura. Ela era curiosa, e a questão mencionada por Ava, sobre "a grande ameaça marciana", ficaria em sua cabeça. Enquanto ela não descobrisse do que se tratava aquela grande ameaça, não sossegaria.

Nur fechou o livro e se retirou da biblioteca. Foi direto ao *poço de comunicação* – um meio de comunicação a distância –, que ficava no segundo piso do subsolo do templo.

Ela raramente fazia contato com sua mãe, pois uma deusa era sempre muito ocupada. No entanto, uma ameaça marciana parecia ser um bom motivo para contatá-la. Nur temia pela vida de sua mãe, pois sua posição de poder no governo dos dois reinos a tornava um alvo. Ela fazia parte do Conselho dos Doze. A poderosa deusa Mut – a mãe de todos os deuses, a deusa dos sete dons – era sempre consultada antes que qualquer decisão fosse tomada nos dois grandes reinos.

A magia no subsolo do templo era poderosa, ali era onde a energia vril de Gaia estava mais concentrada. O *poço de comunicação* assemelhava-se a uma imensa taça de cobre. No fundo de seu interior, via-se o desenho entalhado da estrela de cinco pontas; forma geométrica muito usada pelas bruxas, mas de pouca importância para as sacerdotisas. Porém, era útil para a comunicação a distância.

CAPÍTULO 1

Nur aproximou-se do poço e olhou para a água. O líquido começou a formar ondas.

Ela queria ter o dom de sua amiga Safira: o poder de se comunicar com o espírito da água. Nur sentia que o espírito da água do *poço de comunicação* era muito sábio e teria segredos muito interessantes para contar. Naquela água estavam armazenadas todas as comunicações feitas durante séculos, em toda a face de Gaia.

Nur se culpou por invejar o dom de Safira. Tirou o capuz da cabeça e se concentrou, mentalizando a imagem de sua mãe e olhando no fundo do poço. A água foi criando cada vez mais tremulações. Em poucos segundos, as ondulações foram diminuindo, conforme uma imagem surgia em sua superfície – era a tela de transmissão. O rosto da deusa Mut apareceu na paisagem ensolarada e florida de Caem – a cidade mais próspera e rica de Atlântida –, onde Nur nasceu, e onde sua mãe tinha residência permanente, no templo de Mut.

Nur sentia saudade do clima tropical de Caem, e também do templo de sua mãe. Ele era todo revestido de ouro, esplendoroso; um belo templo, alegre, claro, de magia doce e juvenil. Bem diferente de Karllyn, com sua atmosfera densa e enigmática. Contudo, apesar dessa diferença, Nur sentia-se mais feliz em Maeer, no templo de Karllyn. Ela se identificava com o clima gélido da mandala de Ashter e com a magia mística do lugar.

Sua mãe estava radiante e feliz. Era bom ver o sorriso da deusa Mut; isso fez com que Nur sorrisse de volta. Fazia tempo que ela não sorria.

– A que devo esta boa surpresa? – perguntou Mut.

— Saudações, minha mãe. Além da saudade, quero saber como estão as coisas em Caem. O motivo de meu contato... é que estou preocupada. A professora Ava deixou escapar uma informação sobre uma grande ameaça marciana.

Mut gargalhou, e disse:

— Ah, Ava! Ela nunca consegue segurar a língua quando fica irritada. Fiquei curiosa para saber o que você fez para que ela saísse falando o que não devia — disse retoricamente, sem julgamento. — Mas não se aflija, não irei me intrometer nos seus assuntos. E não há nada para você se preocupar além de seus estudos.

— Desculpe minha curiosidade, minha mãe, mas insisto: como um planeta morto e inóspito, como Marte, pode nos ameaçar?

— Se bem a conheço, minha pequena sementinha, não irá sossegar enquanto não descobrir o que está acontecendo. — Mut respirou fundo, sentou-se num banco de ouro esculpido em forma de cisne e começou a explicar: — Num passado longínquo, Marte tinha uma atmosfera rica, com densa vegetação, imensos rios e muita vida. Os marcianos tinham uma inteligência notável, porém pouca sabedoria. Eram almas antigas, seres calculistas, inflexíveis e muito masculinos. O oposto de nós. Havia em Marte muita luta por poder, o que levou a uma terrível guerra. A atmosfera do planeta foi destruída. Para escapar da morte, um grupo de cientistas marcianos criou uma máquina do tempo. Mas só conseguiram viajar para o futuro. Não puderam voltar ao passado e consertar o estrago feito no planeta. Eles abandonaram Marte, completamente destruído, e

CAPÍTULO 1

viajaram no tempo, escapando da morte. Porém, nada havia no futuro de Marte, além de ruínas. Foi então que decidiram vir para Gaia, no nosso tempo, no momento atual. Mas já estamos resolvendo esse assunto, minha querida. Não tem por que se preocupar. E isso é tudo que deve saber – disse Mut, encerrando o assunto. – Agora está quase na hora de seu desjejum, alimente-se bem e tenha um bom Dia Fora do Tempo.

– Obrigada por me atender, querida mãe. Também desejo que você tenha um ótimo Dia Fora do Tempo, e que o novo anel solar lhe traga sorte.

Nur despediu-se de sua mãe, pensativa. Ficou interessada no assunto da viagem no tempo. Mas ela realmente estava atrasada para seu desjejum. A água do *poço de comunicação* oscilou; a imagem de Mut desapareceu.

Nur seguiu para o refeitório das aprendizas. Encontrou as amigas, Zaliki, Maleca, Safira e Yara, reunidas numa mesa. Sentou-se com elas. As amigas estavam comendo couve-flor crua, como se fosse algo muito saboroso. Nur torceu o nariz.

– Como conseguem comer isso? – perguntou.

– Criei a ilusão de que a couve-flor tem sabor de torta de banana – respondeu Zaliki.

– Está uma delícia! – disse Safira, pegando mais uma couve-flor e colocando-a inteira na boca. – Experimente – disse com a boca cheia.

– Nur não gosta de ilusão – retrucou Zaliki.

– Não sabe o que está perdendo – comentou Maleca. – É a melhor torta de banana que já comi na vida.

– Isso não é torta de banana, Maleca – disse Nur.

– Onde você estava? – Zaliki perguntou.

— Na biblioteca. Estudando energia vril — disse. Não achou que aquele seria o momento apropriado para contar às amigas sobre marcianos e viagens no tempo. Serviu-se de chá e começou a beber sem muita vontade.

— Hoje será o grande festival do Dia Fora do Tempo — lembrou Zaliki, animada.

A festividade comemorativa do Dia Fora do Tempo, em Maeer, era a melhor dentre os dois reinos. Nesse dia, o único dragão ainda vivo no planeta aparecia sobrevoando a ilha dando um show, cuspindo suas labaredas de fogo no céu, aquecendo a cidade e trazendo energias de força, proteção e boa sorte para o novo anel solar que se iniciava.

Nur adorava o festival do Dia Fora do Tempo de Maeer. Ficava fascinada observando a magia do imenso dragão sobrevoando sobre a mandala de Ashter. Mas não estava tão animada desta vez. O fato de ter sido acordada por um corvo a deixara angustiada. Sem contar a notícia sobre uma possível invasão marciana.

— É, eu sei — murmurou Nur, desaminada.

— O que foi? — perguntou Zaliki. — Não está animada com o festival? Aconteceu alguma coisa?

Nur contou às amigas sobre a conversa com sua mãe. Safira até parou de comer a couve-flor com ilusório sabor de torta de banana e começou a pensar.

— Temos que descobrir o que está acontecendo de fato — disse Safira, arregalando seus olhos verde-esmeralda como as águas de corais do mar de Aswan.

— Adoro mistérios — disse Maleca, animada. — Talvez as bruxas saibam o que está acontecendo.

— Não confio em bruxas — disse Zaliki.

CAPÍTULO 1

Fadas e bruxas tinham uma relação controversa.

– Isso é preconceito. A moralidade delas é diferente da nossa, mas isso não quer dizer que não sejam confiáveis. Algumas são – defendeu Maleca.

As bruxas se diziam seres livres, pois não se limitavam às restrições éticas. Algumas trabalhavam com magia das trevas, o que, para as sacerdotisas, era algo inadmissível e estúpido.

– Perguntem logo para alguma bruxa e pronto – disse Yara, tentando encerrar o assunto.

Como de costume, Yara parecia impaciente. Apesar de ter o dom de alterar emoções, não era capaz de mudar a própria frequência emocional. E isso a frustrava. Para melhorar seu humor, sempre pedia que Zaliki criasse uma ilusão que a fizesse se sentir em Tynker, sua cidade natal; uma das cidades que mais reluzia a ouro de toda a Lemúrya.

Sem qualquer conclusão, as meninas voltaram a falar sobre a festividade e sobre o dragão, deixando o assunto de marcianos viajantes no tempo para depois.

2

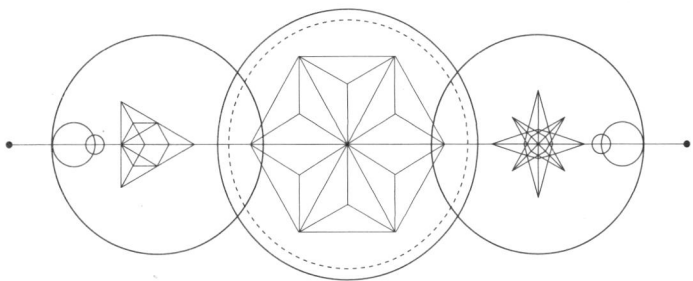

A ilha de Maeer estava magnífica, perfeitamente enfeitada para o festival do Dia Fora do Tempo. As lanternas vermelhas, com o símbolo do dragão, iluminavam as ruelas. As lojas chamavam a atenção, com luzes acolhedoras. E havia feiticeiras cantando por toda parte.

Habitantes e visitantes usavam roupas variadas, forradas com lã de carneiro, de cores divertidas. Fazia muito frio, e esfriava cada vez mais conforme o Sol caía. O céu estava limpo e a neve havia dado uma trégua.

O dragão costumava surgir ao pôr do sol, sobrevoava a mandala de Ashter, e finalizava com um show de fogos sobre Maeer.

A cidade encheu-se de turistas, ansiosos para ver o imenso dragão voando no céu. Estava difícil andar pelas ruelas charmosas de Maeer, de tão lotada. Os visitantes pareciam eufóricos, provavelmente pelo efeito do famoso chá de Maeer – uma infusão de ervas locais – preparado pelas bruxas. O chá aquecia o corpo e induzia a abertura do chacra coronário, para uma abrangente experiência realística.

Nur, Zaliki e Maleca foram juntas ao festival. Curtiam andar pelas vielas, apreciar os enfeites e as lojas caprichosamente iluminadas. Como a maioria, elas também tomavam o chá de Maeer para rebater o frio.

Nur não gostava de multidão, mas estava achando divertido sair da rotina.

Não havia resquícios da nevasca daquela manhã, provavelmente graças aos feitiços das bruxas comerciantes. O clima estava agravável, apesar de muito frio.

Nur andava distraída, bebericando seu chá e observando os turistas extravagantes. Teve um sobressalto quando sentiu uma mão cadavérica lhe puxar pelo braço. Era Matilda, uma velha bruxa de Maeer que vendia ervas para feitiços.

– Não há motivos para comemoração, não é mesmo, filha de Mut? – murmurou a sinistra bruxa, olhando profundamente nos olhos de Nur.

– Desculpe. Não sei do que está falando – disse Nur. Desvencilhou-se da mão esquelética da velha bruxa e continuou andando. Matilda tinha fama de rabugenta e pessimista. Era melhor não dar atenção a ela.

Todos começaram a buscar o melhor local para ver o dragão surgir no céu. As três aprendizas garantiram

CAPÍTULO 2

uma vista privilegiada, próxima ao templo de Karllyn, no Pátio do Encantamento, onde a muralha do lado interno formava um guarda-corpo de um metro de altura, sendo o lado oposto com seiscentos metros até alcançar o mar. A vista daquele local era uma vastidão sem-fim de oceano. Lá de cima também era possível ver algumas ruelas iluminadas, da mística vila de Maeer. Uma visão encantadora.

O sol estava prestes a se pôr. Todos estavam atentos, observando a vastidão do céu à procura do dragão. Mas o tempo foi passando, o sol começou a se pôr, e nada de o dragão aparecer.

– Já não era para o dragão ter aparecido? – questionou Maleca.

– No Dia Fora do Tempo anterior, ele apareceu antes de o sol começar a se pôr – confirmou Zaliki.

A multidão começou a se agitar. Todos já haviam se dado conta do atraso inusitado do dragão. Conjecturavam hipóteses. Alguns pareciam assustados.

O sol já estava se escondendo no horizonte, quando finalmente, bem ao longe, o dragão surgiu. Voava na direção de Maeer. A multidão entrou em euforia, aplaudindo a aparição do dragão, que traria com ele a boa sorte.

– Por que ele está voando desse jeito, meio desengonçado? – perguntou Maleca.

Nur procurou observar o voo do dragão com mais atenção, e realmente ele voava como se uma de suas asas estivesse ferida.

– Ele parece machucado – disse Nur.

Quanto mais o dragão se aproximava, mais claro ficava que havia alguma coisa errada com ele. A multidão também notou que a majestosa criatura voava de um modo desajeitado. Teve início uma crescente comoção.

O dragão voava mais baixo que o habitual, parecia exausto e ferido. Havia furos em suas asas. Ele estava magro. Parecia doente. O povo se agitou ainda mais. Alguns começaram a se retirar às pressas.

— Deveríamos entrar no templo. Tem alguma coisa errada com o dragão — afirmou Zaliki, preocupada, sem tirar os olhos do suntuoso animal alado.

— Ele não faria mal a ninguém — disse Nur. Ela conhecia bem os dragões, pois já havia lido muitos livros sobre eles. Tinha certeza de que os dragões eram seres protetores da humanidade e jamais poderiam ferir um humano.

As três permaneceram onde estavam.

O dragão parecia mesmo exausto. Ele fez o que nunca havia feito: um pouso forçado sobre o topo da torre mais alta do templo de Karllyn. Devido ao seu peso imenso, algumas rochas rolaram para baixo. Sua asa direita abraçou a estátua da deusa Karllyn. Ele parecia estar perdendo o equilíbrio. Estava mesmo muito doente e magro. Abriu sua imensa boca, emitiu um som estridente, agudo, como um grito de socorro; e nenhum fogo saiu dela. Somente um rugido de dor, que reverberou por toda parte.

— Ele está morrendo — constatou Nur, em desespero, sentindo-se impotente por não poder ajudá-lo.

— Isso é um péssimo presságio — disse Maleca, assustada.

— Alguém precisa fazer alguma coisa! — gritou Zaliki.

CAPÍTULO 2

O dragão olhou para a multidão com tristeza e lamento. Por alguns segundos, ele encarou o olhar angustiante de Nur. Com aquele breve olhar, ela soube interpretar a agonia do animal. O último dragão de Gaia estava morrendo, levando com ele a magia dos dois reinos.

O silêncio foi absoluto. Todos se calaram ao perceber o que o dragão estava dizendo.

Ofegante e triste, o dragão deu seu olhar de adeus, soltou a estátua de Karllyn e bateu suas asas pela última vez. Diante dos olhares de todos, caiu em espiral sobre o mar de Maeer. O choque de seu imenso corpo contra o mar provocou uma volumosa elevação das águas. O silêncio deu lugar ao som das ondas que se chocavam contra a muralha de Maeer. O dragão afundou no oceano, no mesmo instante que o sol se pôs no horizonte. E, então, a escuridão varreu o céu.

O tempo pareceu parar por alguns segundos. Ninguém sabia como reagir diante daquela situação. Um silêncio espantoso invadiu toda a mandala de Ashter.

– Matilda sabia – disse Nur, quebrando o silêncio.

– Como assim? – Zaliki perguntou. Ela não conseguia tirar os olhos do local onde o dragão havia afundado, numa esperança inútil de vê-lo surgir, saindo vivo do fundo do mar.

– Ela sabia! – foi tudo que Nur disse. Deu as costas para a imagem melancólica do mar que engoliu o dragão, e saiu atravessando a multidão. Correu na direção da loja de feitiçarias, em busca de Matilda. Zaliki e Maleca a seguiram.

A loja de Matilda estava com a porta fechada e as luzes apagadas. Através da vitrine, Nur pôde ver

Matilda sentada atrás do balcão, no escuro; parecia estar ressoando cantigas mágicas. Sem bater, Nur abriu a porta e aproximou-se do balcão. O cheiro de ervas irritou seu nariz. Ela nunca havia entrado naquela loja. Apenas bruxas utilizavam produtos para feitiços.

Matilda parou de cantar seu mantra mórbido e olhou nos olhos de Nur. Zaliki e Maleca entraram em seguida, torcendo o nariz para o cheiro de poções de feitiçaria.

– Desculpe entrar sem bater – pediu Nur. – Eu preciso saber o que você sabe. Algo grande parece estar por vir e... – ela tinha receio até de falar o seu maior medo – eu temo pela vida de minha mãe e pelos dois reinos.

– Sua intuição está correta. Tem muito mesmo o que temer. A era da escuridão se aproxima e irá engolir toda a magia e beleza do mundo. A destruição e a morte estão chegando – profetizou a bruxa, com uma entonação que deixou as três aprendizas arrepiadas.

– Não podemos dar ouvidos a uma bruxa velha pessimista. Por favor, Nur, vamos sair daqui – sussurrou Zaliki.

– Vão vocês. Não tinham que me seguir. Voltem para o templo – pediu Nur.

Zaliki ficou na dúvida se deixava sua amiga sozinha com uma bruxa que não parecia nada confiável, mas o tom de voz de Nur e sua aversão ao local e ao cheiro forte de ervas a fez decidir sair de lá. Maleca a seguiu.

Nur voltou a questionar Matilda assim que as amigas saíram.

– Você tentou me avisar. Como sabia que não haveria nada para comemorar?

CAPÍTULO 2

— Meus guias se comunicaram comigo. Eles me mostraram o futuro. Eu profetizei o fim do mundo há muito tempo, mas ninguém acreditou numa velha bruxa rancorosa. Não fui sempre assim, mas, quando se vê o que eu vi, não é mais possível ser otimista e feliz.

— O que seus guias lhe mostraram?

— Vi a escuridão chegando, sendo trazida pelos viajantes do tempo e os exilados de Capela. Os viajantes do tempo são criaturas sem magia, grotescas e cruéis. Os exilados de Capela estão chegando aos milhares; criaturas inconformadas, repletas de ódio no coração. Eles irão tomar o poder dos dois reinos, queimar sacerdotisas, magos e bruxas em fogueiras e destruir toda a magia do mundo. A morte do dragão é o prenúncio do apocalipse.

— Quando isso vai acontecer? O que podemos fazer para impedir? — perguntou Nur, em angústia. Ela sentia e sabia que a velha bruxa estava bem lúcida, dizendo a verdade.

— Muito em breve — revelou a bruxa. — A morte da poderosa deusa Karllyn selará o início da Kali-yuga, a era da escuridão.

— Não! — gritou Nur, em desespero. — Isso não pode acontecer! Precisamos fazer alguma coisa. Como posso evitar que isso ocorra?

— Se quiser uma consulta, precisa pagar por ela — disse Matilda. — São quatorze organites.

Nur tirou a luva da mão direita e pegou as organites que tinha no bolso do seu casaco de festa; o casaco roxo que havia ganhado de sua mãe antes de partir para Maeer. Ela tinha exatamente quatorze organites.

A bruxa devia ter adivinhado. Ela entregou as organites para Matilda.

— Agora me diga, como podemos salvar a nossa adorada deusa Karllyn?

Karllyn era mais que uma mãe para as sacerdotisas de seu templo. Nada poderia ser pior para Nur do que ver sua deusa morrer.

— Vamos para minha sala de consulta — convidou a velha bruxa. Ela abriu uma porta secreta, atrás de uma estante falsa. As duas adentraram um espaço onde havia uma mesa redonda, com uma bola de cristal sobre ela. O local cheirava a incenso de mirra.

Nur se sentou de um lado da mesa e Matilda do outro. A bruxa se concentrou para se conectar com seus guias espirituais. Nur estava ansiosa para obter uma resposta que pudesse salvar sua amada deusa Karllyn.

Uma névoa cinza formou-se dentro da bola de cristal. A bruxa abriu os olhos, olhou para o cristal nebuloso e disse:

— Só há uma forma de salvar o mundo.

— Diga logo. Como?

— Você precisa despertar seu dom.

— E como faço para despertar meu dom?

— Tenho uma boa poção mágica para isso. Mas custa vinte e dois organites.

As aprendizas eram instruídas para não confiar em poções de bruxas, mas o desespero de Nur era tamanho que ela estava disposta a correr o risco e pagar caro por uma poção.

CAPÍTULO 2

— Eu não estou com as organites aqui comigo agora, mas tenho um bom montante guardado no templo. Prometo lhe pagar amanhã, sem falta.

Promessas feitas por sacerdotisas e aprendizas da Escola de Magia de Karllyn eram sempre cumpridas. A bruxa sabia que aquela aprendiza lhe pagaria.

Matilda levantou-se e foi até uma das prateleiras da sala. Pegou um recipiente de vidro, pequeno e estreito, que continha um líquido vermelho vivo, e o entregou à Nur.

— Beba de uma só vez. Beba tudo. E se prepare, pois o efeito pode ser imediato.

Com as mãos trêmulas, Nur pegou o recipiente e olhou o líquido dentro. Estava com medo de confiar na poção mágica da bruxa. Mas ela faria de tudo para salvar sua deusa Karllyn.

— E se eu não tiver nenhum dom? — perguntou triste, descrente de que teria algum poder oculto.

— Você é filha da poderosa deusa Mut. A deusa dos sete dons. Tem o sangue da nobreza e da magia correndo em suas veias. Como pode duvidar de ter ou não um dom, sendo a filha da deusa dos sete dons?

Decidida, Nur verteu todo o líquido de uma só vez. O gosto era amargo, adstringente e horrível. Quase vomitou. Começou a passar mal. Desmaiou. Quando acordou, não estava mais na sala de atendimento da bruxa Matilda. Estava em Caem, no templo de sua mãe, a deusa Mut. Notou que estava lá em corpo astral, e não físico.

Nur percorreu o templo à procura de sua mãe. Sabia que Mut poderia vê-la e ouvi-la mesmo em corpo astral, já que um de seus dons era o de se comunicar com espíritos. Nur encontrou a deusa Mut na piscina natural de águas termais sagradas de seu templo.

A deusa banhava-se alegremente, cantarolando um mantra de plenitude divina. O vapor sobre a água criava uma leve névoa, branca, aromática, com cheiro de eucalipto e ilang-ilang. Mut ficou surpresa ao notar a presença da filha no espaço.

– Minha filha! Como? Ah, descobriu seu dom! Que alegria!

Nur aproximou-se da piscina com urgência.

– Mãe, o dragão se foi! Acabou de morrer diante de todos no festival do Dia Fora do Tempo. E uma bruxa de Maeer previu o apocalipse.

– Sim, eu sei que o dragão morreu. Mas o Dia Fora do Tempo foi a duas Luas... – Mut parou por um breve segundo para pensar, e então continuou: – Isso quer dizer que você é uma Transformadora de Destino!

– Uma o quê? – perguntou Nur atônita. Ainda não havia se dado conta de ter viajado para o futuro.

– O seu dom. Você é uma Transformadora de Destino. É um dom muito raro. Você consegue viajar no tempo. Ah, sabia que você teria algum dom muito especi... – e foi interrompida por uma tosse sufocante antes de finalizar a palavra.

Mut começou a tossir sem parar, parecia estar sufocando com a névoa de vapor sobre a água.

– Mãe! – gritou Nur. Mas ela não conseguia ajudá-la. – Socorro! – gritou ainda mais alto. – Alguém me ajude! – Mas ninguém poderia lhe ouvir, já que ela não estava ali em corpo físico.

CAPÍTULO 2

A deusa Mut ficou roxa e em pouco tempo desfaleceu. Seu corpo boiou na água cristalina. As flores de lótus sobre a piscina nitidamente murchavam.

Nur entrou em desespero. Então foi puxada de volta para seu corpo físico. Abriu os olhos, e estava de volta na sala de atendimento de Matilda.

Sua viagem durou apenas milésimos de segundo, foi tão rápida que nem deu tempo de seu corpo físico cair da cadeira.

— Mãe! — gritou. — Ela foi envenenada — concluiu alarmada. — A água da piscina... Mas isso acontecerá na Lua Lunar — disse confusa.

— Seu dom é o da profecia! — exclamou Matilda, interessada. — Você viu o futuro? — perguntou animada. Bruxas adoravam poderes que previam o futuro, pois era um dom muito lucrativo.

— Eu posso mudar o futuro. Posso mudar o destino! — compreendeu. Ela precisava salvar a vida de sua mãe. — Ainda não aconteceu, nem vai acontecer. Não vou deixar acontecer.

— Isso é muito bom! Quem sabe consiga também impedir os malditos alienígenas de tomarem o poder de Caem. Eu e você poderíamos fazer uma bela parceria — tentou Matilda.

Nur não prestou atenção à sugestão de Matilda. Ela se levantou com rapidez. Sentiu uma breve vertigem. Segurou no encosto da cadeira para recuperar o equilíbrio.

— Obrigada, Matilda. Amanhã passarei aqui para pagar as organites que lhe devo. Obrigada mesmo! — disse, e saiu às pressas. Precisava ir até o *poço de comunicação* alertar a mãe sobre o perigo que corria.

As vielas de Maeer estavam um caos. Pessoas corriam de um lado para o outro. Os turistas tentavam partir, mas Maeer estava ilhada, não havia como sair às pressas. Eram poucas as gôndolas que levavam as pessoas ao continente, e todas já estavam ocupadas. A festa se transformou num pesadelo.

Ao entrar no templo de Karllyn, Nur foi direto para o subsolo do segundo nível. A imensa porta de folha dupla que guardava o *poço de comunicação* estava fechada. Duas sacerdotisas de alta hierarquia guardavam a entrada.

– Eu preciso usar o poço – pediu.

– É claro que precisa. Todo mundo precisa usar o poço neste momento. Mas a prioridade é das sacerdotisas. As aprendizas deverão se recolher em seus dormitórios até segunda ordem – avisou a sacerdotisa.

– É urgente! Eu vi o futuro. Minha mãe, a deusa Mut, irá morrer na Lua Lunar se eu não lhe avisar do perigo.

– Se sua mãe só correrá perigo na Lua Lunar, então não precisa de tanta pressa. Amanhã você poderá usar o *poço de comunicação*. Agora vá para seu dormitório, aprendiza – respondeu a sacerdotisa. Ela sabia quem era Nur, a filha sem dom da deusa Mut. Não acreditou na seriedade da questão. Nem ao menos considerou que Nur tivesse adquirido o dom de ver o futuro.

Nur não perdeu tempo discutindo. Talvez sua colega de turma, Havanny, pudesse lhe ajudar. Ela era filha da deusa Lakshmi, e tinha o dom da comunicação telepática. Poderia pedir para que se comunicasse telepaticamente com sua mãe, avisando-a do perigo.

CAPÍTULO 2

Seguiu a passos largos até a torre dos dormitórios. Havanny devia estar lá, bem como as demais aprendizas. Após subir inúmeras escadarias e percorrer longos corredores, chegou esbaforida à ala dos dormitórios. Encontrou o lugar cheio de aprendizas, alarmadas, discutindo sobre a morte do último dragão. Chegou ao dormitório de Havanny; estava vazio, com a porta aberta, como os demais dormitórios. Todas as aprendizas pareciam estar espalhadas pelos corredores da torre oeste.

Percorreu os corredores à procura de Havanny e encontrou as amigas, Zaliki, Maleca, Safira e Yara, juntas. Pareciam alarmadas.

– Que bom que encontrei vocês. Preciso que me ajudem a achar Havanny – pediu às amigas.

– Tem uma fila imensa de garotas querendo falar com Havanny. Chegou atrasada – disse Maleca.

– Como foi com a bruxa? O que ela disse? – perguntou Zaliki.

– Eu vi minha mãe sendo envenenada durante a Lua Lunar. Preciso alertá-la. Mas o *poço de comunicação* está fechado.

– Como foi que você *viu* o futuro? – perguntou Safira.

– Matilda. Ela me ajudou a descobrir meu dom. Sou uma Transformadora de Destino – explicou Nur.

– Uma Transformadora de Destino? Está falando sério? – perguntou Safira, admirada.

– É claro que estou.

– Se você é uma Transformadora de Destino, não precisa do dom da Havanny. Faça outra viagem no tempo, vá para o dia seguinte, ao nascer do sol, e se comunique com ela – sugeriu Yara.

– Eu ainda não tenho o controle do meu dom. Nem sei se é possível controlá-lo – explicou Nur. No fundo, ela estava com medo de ver o futuro. – Só consegui por causa de uma poção que Matilda me deu.

– Transformadores de Destino são muito raros. Faz séculos que não existe nenhum no mundo. E você não precisa da poção de uma bruxa para usar seu dom – disse Zaliki.

– O problema é que eu acabei de descobrir o meu dom, e ainda não sei como usá-lo – disse Nur.

– Podemos ajudar – ofereceu Maleca. – Todas nós já passamos por isso, pela descoberta do dom e como aprender a aperfeiçoá-lo.

– Obrigada, Maleca – agradeceu Nur, aliviada pelo amparo das amigas.

– Vamos para o dormitório. Este corredor está muito movimentado – pediu Zaliki.

Todas se amontoaram no pequeno dormitório de Nur e Zaliki.

– Maleca, faça o que combinamos. Eu, Yara e Safira ajudaremos Nur – pediu Zaliki.

– O que foi que vocês combinaram? – Nur perguntou.

– Maleca vai entrar no corpo da gata dela e tentar espiar as sacerdotisas de alta hierarquia para saber o que está acontecendo – explicou Yara.

Maleca deitou-se na cama de Zaliki. Seu espírito deixou o corpo físico e entrou no corpo de sua gata preta, Leona. A gatinha estava tirando um cochilo no telhado da casa de uma bruxa. Maleca, incorporada na

CAPÍTULO 2

gata, levantou-se e espreguiçou-se – era maravilhoso espreguiçar-se no corpo de um gato –, bocejou e saiu sem muita pressa, pulando de telhado em telhado. Ela amava entrar em sua gata e sentir a liberdade da felina. Sentiu o cheiro de peixe fresco vindo da janela de uma casa simples. Teve que conter o desejo de descer do telhado e entrar pela janela da casa para pegar o peixe aromático. Maleca percebeu que sua gata estava com o estômago vazio. Ela sempre deixava comida no pátio das aprendizas, mas Leona amava caçar ratos no subsolo profundo do templo e raramente comia o alimento que Maleca lhe oferecia.

Enquanto isso, Zaliki e Safira davam dicas à Nur de como obter o controle de seu dom.

– Provavelmente, a poção mágica da bruxa induziu você a um estado de transe – explicou Zaliki. – Com meu poder de ilusão, eu posso induzir uma pessoa a um estado de transe, sem que ela se intoxique com uma poção de bruxaria. Mas só irei ajudá-la desta vez, pois, se você ficar dependente de artifícios externos para seu dom entrar em ação, poderá ficar viciada e acomodada. Entendeu?

Nur assentiu com a cabeça. Ela entendia completamente o que Zaliki estava dizendo. Já ouvira muitas histórias de pessoas que, desesperadas para ter um dom, acabavam se viciando em drogas e destruindo sua vida. Nos dois reinos, o que havia de mais valoroso eram os dons. Quanto maior o dom de uma pessoa, mais poder e riqueza ela possuía. Pessoas sem dom acabavam se tornando servas das que possuíam algum dom.

– Vamos ensiná-la a entrar no estado mental theta. Quando estiver em theta, vá até o sexto plano existencial para se conectar à Lei do Tempo. Então peça à Lei do Tempo para levar você ao tempo-espaço que gostaria de se deslocar. Tem que ser bem específica, onde e quando quer estar. Concentre-se e esqueça todo o resto ao seu redor. Vamos tentar? – sugeriu Zaliki.

– Onde foi que aprendeu isso tudo? – Nur perguntou, curiosa.

– O meu dom também trabalha junto com a Lei do Tempo – explicou Zaliki, sucintamente. – O Tempo é o mestre das ilusões.

Nur estava com um pouco de receio de desapontar as amigas. Tentou não ter medo de viajar para o futuro.

Enquanto isso, Maleca descia as escadas sinuosas do templo. Ao chegar ao subsolo – no andar do *poço de comunicação* –, não resistiu ao instinto felino e foi se esfregar na perna da sacerdotisa que guardava a porta da sala do poço. A sacerdotisa não se importou, fez um cafuné na cabeça de Maleca, que ronronou de prazer. Era tão bom ser uma gata que ficava difícil se concentrar. Maleca aproveitou a confiança da sacerdotisa e deitou-se bem próxima à entrada da sala do *poço de comunicação*, com a orelha colada na porta. A audição felina era muito mais aguçada que a humana; dessa forma ela pôde ouvir tudo o que se passava na alcova do poço. O que Maleca ouviu a deixou agitada. Aquilo não era nada bom. Saiu de lá o mais rápido possível e voltou para seu corpo humano um tanto atordoada.

– É terrível! – disse alto, assim que seu corpo físico e seu corpo astral se uniram.

– Silêncio! – sussurrou Yara. – Nur está entrando em theta.

CAPÍTULO 2

Nur se concentrou na data do dia seguinte, no horário que sua mãe costumava acordar. Começou a sentir o topo de sua cabeça se aquecendo e formigando. Foi natural quando se viu na sala de repouso do templo da deusa Mut.

Sua mãe admirava a bela vista pela sacada larga de sua sala de repouso. As cortinas brancas e leves dançavam ao vento. O sol começava a nascer no horizonte de Caem. O clima era morno e agradável. Mut vestia um longo robe branco de seda. Seus cabelos dourados, em ondas perfeitas, caíam com leveza em suas costas.

Nur aproximou-se lentamente para não a assustar. Mut sentiu a presença de alguém e virou-se no calcanhar, à procura do invasor. Ninguém tinha permissão de entrar em seus aposentos.

— Sou eu, mãe. Não se assuste.

— Minha filha! Como? Ah, descobriu seu dom! — constatou o fato com alegria.

— Sim, sou uma Transformadora de Destino.

— Uma Transformadora de Destino! É um dom muito raro. Sabia que você teria algum dom muito especial.

— Tive que invadir sua privacidade em seu recanto de repouso, pois tenho um alerta importante a fazer. Eu a vi morrer sufocada com o vapor da piscina natural. Você precisa tomar muito cuidado, minha mãe. Lembre-se de que é um membro de valor do Conselho dos Doze. Os inimigos dos dois reinos tentarão matá-la a todo custo.

— Lamento muito que tenha visto uma cena tão horrível — disse Mut. — Sei que corro perigo. Tomarei mais cuidado, não se preocupe. Irei reforçar a magia de proteção de meu templo.

– Gostaria que me contasse com detalhes sobre a ameaça marciana – pediu Nur. – Eu preciso saber. Se tenho o poder de mudar o destino, eu deveria saber o que está sucedendo, para que eu possa ajudar.

– Em breve saberá. Vamos precisar de toda ajuda possível, e uma Transformadora de Destino pode fazer toda a diferença. Pratique seu dom com afinco. Falte às aulas se necessário, mas pratique muito, até ter o domínio completo do seu dom.

Mut olhou o nascer do sol no horizonte da bela Caem. A grande pirâmide de selenita branca, no centro da cidadela, reluzia, esplendorosa. Era lindo de admirar. Mas havia tristeza em seus olhos.

– Agora vá, minha filha. Na hora certa será chamada. Novamente agradeço por me alertar. Tenha a certeza de que salvou minha vida.

Nur fez uma reverência à grande deusa Mut, e voltou para seu corpo físico.

– Ela já voltou – notou Yara.

– Deu certo? – perguntou Zaliki à Nur.

– Sim, consegui alertar minha mãe. Ela parecia preocupada e triste.

– Agora diga, Maleca, o que foi que você ouviu no *poço de comunicação*? – perguntou Yara.

– Elas falavam sobre um apocalipse. Disseram que uma grande guerra se aproxima, e que Lemúrya e Atlântida correm sério risco de desaparecer do mapa. Temem também a morte de Gaia.

CAPÍTULO 2

— Matilda também me disse isso, sobre o apocalipse, o fim da era de Luz e o início da escuridão — confirmou Nur.
— É impossível! — disse Yara, indignada.
— O dragão morreu, Yara — lembrou Zaliki.
— Como é que os dois maiores continentes do mundo, a antiga Lemúrya e Atlântida, poderiam desaparecer do mapa? Isso não faz sentido algum — questionou Yara.
— Na aula de geografia, a professora Haim disse que em toda transição planetária há uma reorganização das placas tectônicas — lembrou Maleca.
— Tá, mas continua não fazendo sentido o desaparecimento de dois imensos continentes. Você tem certeza de que ouviu isso mesmo, Maleca? — perguntou Yara.
— Claro que tenho! — ela retrucou ofendida. — Leona tem uma ótima audição.
— Tenham calma. O destino pode ser mudado — começou Nur. — Nós podemos alterar o futuro. Nada é cem por cento certo de acontecer. Os dois reinos têm poderosos deuses protetores. Temos do lado da Luz soberanas sacerdotisas e magos. Jamais deixaremos a era da escuridão destruir nosso mundo.
— É isso aí! — disse Zaliki. — Temos que ser otimistas.
Nur precisava manter suas amigas confiantes. O medo acabava atraindo o perigo, enquanto a fé era uma poderosa arma de proteção. Mas ela mesma não estava tão confiante, tinha em sua memória a lembrança de sua mãe com o olhar triste ao comtemplar a bela paisagem de Caem, como se a destruição fosse certa.
O sino da torre do templo soou nove badaladas, indicando o toque de recolher.

As aprendizas se despediram e Yara, Maleca e Safira seguiram para seus dormitórios.

O Dia Fora do Tempo estava chegando ao fim. Na manhã seguinte, um novo anel solar se iniciaria.

3

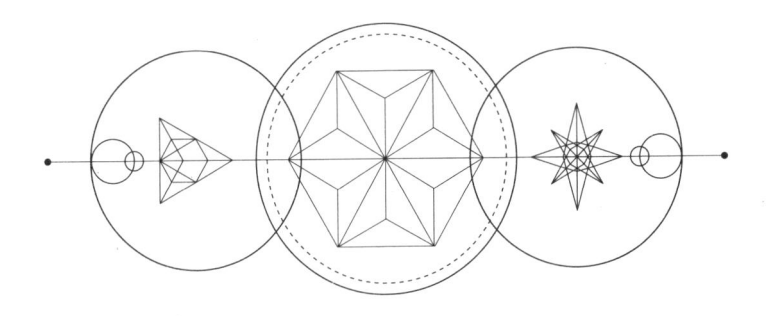

Iniciava-se o ano da Tormenta Lunar Azul. Era o primeiro dia da Lua Rítmica do Lagarto.

Seguindo orientações de sua sábia mãe, Nur estava decidida a faltar às aulas para aprimorar seu dom de Transformadora de Destino.

Zaliki convenceu a amiga a assistir à primeira aula do dia, que seria sobre *A natureza do Tempo*, apresentada pela sacerdotisa Ananta. Zaliki tinha o bom argumento de que aquela aula, em particular, ajudaria Nur a entender melhor seu dom.

Ananta estava atrasada para ministrar sua aula. Como de costume, Nur sentou-se entre Zaliki e Safira, e aguardava a chegada da professora. O auditório estava mais alvoroçado que o normal, reflexo do evento da morte do último dragão do mundo.

    Ananta chegou às pressas, deixando cair parte dos livros que trazia nos braços na entrada do auditório. Uma das alunas correu para ajudá-la. Ananta parecia ansiosa e assustada.

    Como era de se esperar, antes mesmo que a aula começasse, muitas aprendizas questionaram à professora sobre o verdadeiro significado da morte do dragão e quais seriam as consequências de tal evento.

    – Certo. Imagino que todas vocês estejam preocupadas, mas temos que seguir com nosso cronograma de aula. Hoje falaremos sobre a natureza do Tempo – disse Ananta.

    A insurgência de indignações rompeu o silêncio. As aprendizas estavam ansiosas, julgavam que naquele momento seria muito mais importante e urgente falar sobre a morte do dragão do que sobre a natureza do Tempo.

    – Calma. Calma, meninas! Silêncio, aprendizas! – pediu Ananta, e os murmúrios cessaram no auditório. – Está certo, está certo. Vou falar brevemente sobre o ocorrido no Dia Fora do Tempo, e em seguida iniciaremos a nossa aula – pigarreou.

    Nitidamente, Ananta não sabia por onde começar.

    – Como já sabem, o dragão é o elo entre a magia da Luz e o mundo físico. É o guardião dos dois reinos. E agora, com a morte do dragão, muitos temem o futuro do mundo da magia. Mas saibam que o espírito do dragão continua vivo. Ele não deixou de existir.

    O alvoroço e o burburinho irromperam no auditório.

    Uma aprendiza, no meio da plateia, vociferou a pergunta:

CAPÍTULO 3

— Mas o que diz a profecia sobre a morte do dragão?
— Silêncio! – ordenou Ananta.
As aprendizas calaram-se novamente para ouvir a resposta da tutora.
— Essa profecia foi feita por uma bruxa de Zalem, no início dos tempos, quando o ouro começou a reluzir nas grandes mandalas lemuryanas. Vocês sabem muito bem que profecias não são totalmente confiáveis, elas servem como alerta. O futuro é moldado por nós. Não deixaremos que essa profecia se concretize. Agora falaremos sobre a Lei do Tempo – disse, encerrando o assunto.
Após aquela curta explicação, nem um pouco convincente, a aula começou como se fosse um dia normal.
Assim que a aula terminou, Nur retirou-se discretamente. Foi à biblioteca pesquisar sobre o dom de Transformador de Destino. Maleca e Zaliki a seguiram, curiosas sobre o incomum dom da amiga. Queriam saber mais sobre o assunto e o futuro.
A biblioteca estava vazia. As amigas ajudaram Nur a procurar os livros que tratavam sobre o assunto. Sentaram-se num canto discreto, perto de uma imensa janela com vista para a neve que caía suavemente sobre o oceano. Cada uma se concentrou num livro.
— A autora deste tratado diz que a linha do tempo é gelatinosa, moldando-se conforme o que ocorre no presente. A única forma de mudar o futuro é alterando o passado ou o presente. E diz também que é o observador quem cria a realidade; onde não há observador, nada existe – disse Nur, sem tirar os olhos do livro.

— Neste que eu peguei está dizendo que só nasce um Transformador de Destino a cada trezentos anos. O último foi Ahim, um mago de Aswan, do templo de Anuket — informou Zaliki.

— Se Ahim conhecia o futuro, por que não profetizou sobre a morte do dragão? — questionou Maleca.

— O futuro está sendo moldado o tempo todo. São nossas escolhas, no presente, que definem o futuro — explicou Nur. — A sacerdotisa Ananta tem razão, não podemos confiar em profecias. O futuro pode ser transformado a todo momento. Ahim devia saber dessa questão, por isso se recusava a fazer profecias.

Nur estava lendo um estudo sobre paradigmas temporais. Viagem no tempo era um assunto muito complexo.

— Chega! Esse assunto é muito confuso. Não posso perder tempo tentando entender todos esses paradigmas temporais. Isso é loucura! Preciso praticar meu dom.

— Ótimo. Eu concordo — disse Zaliki, fechando seu livro. — Vamos direto ao que interessa, tente descobrir o que irá acontecer com os dois reinos no futuro.

Nur concordou. Ela fechou os olhos e começou a se concentrar. Assim que entrou em theta, foi muito rápido. Já não estava mais na biblioteca.

A princípio ficou confusa com o que viu, não reconheceu o próprio planeta. A atmosfera estava destruída, tudo estava morto. As terras desérticas e secas, os oceanos tóxicos e revoltosos como nunca vira. A geografia se apresentava diferente. Lemúrya e Atlântida reduzidas a pequenas ilhotas. O planeta Gaia estava morto e não havia mais vida em sua superfície.

CAPÍTULO 3

Assustada com tamanha destruição, Nur voltou para seu corpo físico.

Arregalou os olhos. Seu coração estava disparado. Teve que se controlar para não gritar, tamanhos o horror e a destruição que havia presenciado. Era exatamente por isso que ela temia viajar para o futuro.

– O que foi que você viu? – perguntou Maleca, ansiosa.

– Vi nossa mãe Gaia morta, completamente sem vida – respondeu, com um nó na garganta, sem fôlego.

– Quando? – perguntou Zaliki.

– Daqui a três anéis solares, eu acho, mais ou menos isso – respondeu Nur.

As três aprendizas ficaram em silêncio. O medo e a angústia se instalaram entre elas. Estavam sem palavras, sem ação. O mundo iria acabar em apenas três anéis solares. Antes mesmo de se formarem na Escola de Magia de Karllyn. Elas nunca seriam sacerdotisas e não teriam a oportunidade de se tornarem grandiosas. Tudo o que amavam seria destruído.

– Nur, você precisa transformar esse futuro. Urgente! – disse Maleca, cortando o silêncio.

– Eu concordo com a Maleca. Você é uma Transformadora de Destino, tem o poder de transformá-lo. Vá novamente ao futuro e veja o que causou a morte do planeta. Precisamos de detalhes, se quisermos transformar a nossa realidade – pediu Zaliki.

Nur ainda não havia se recuperado emocionalmente da visão que teve do planeta destruído. Mas ela faria o que fosse possível para salvar a vida de Gaia.

– Tudo bem – concordou sem vontade. Estava com medo de ver os detalhes da destruição de Gaia. Mas era preciso. Desta vez, demorou mais para se concentrar, pois o medo atrapalhava sua viagem astral temporal. Só foi possível quando afastou o medo e calou a mente.

Saiu do corpo físico, abriu os olhos, e o mundo estava em guerra. A Luz contra a escuridão. Os deuses protetores de Gaia – do Conselho dos Doze – usavam seus dons mágicos para defender o planeta dos magos das trevas que se uniram aos marcianos. Os alienígenas usavam poderosas armas de destruição em massa.

Num determinado ponto da guerra, os deuses se deram por vencidos. Então, os marcianos se voltaram contra os magos das trevas. Uma nova guerra se iniciou entre as duas facções trevosas. Para vencerem, os marcianos criaram uma arma de energia vril que bloquearia toda a genética mediúnica dos magos das trevas, acabando com a magia e os dons nos dois reinos.

Os marcianos ativaram a arma, mas não esperavam que ela também interferisse no campo eletromagnético de Gaia e sua psicosfera. A destruição completa foi muito rápida. Não houve tempo para ninguém fugir. A genética da humanidade e de toda espécie de vida no planeta foi completamente perdida.

Nur viu com detalhes o poder da energia vril criando uma explosão atmosférica no campo magnético do planeta, gerando uma onda radioativa sem precedentes, que cobriu o orbe inteiro, matando toda a vida de Gaia.

– Não! – gritou, voltando, de repente, para seu corpo físico.

– Shhhh, não grite! – sussurrou Zaliki. – Vão acabar descobrindo que estamos matando aula. – Olhou para

CAPÍTULO 3

a porta com receio de que alguém pudesse ter ouvido o grito de Nur.
– O que foi que você viu? – Maleca perguntou, assustada.
– Uma guerra mundial se aproxima. Foi uma arma de energia vril que matou Gaia – respondeu. Nur estava em estado de pânico, com a respiração curta, as mãos tremulas e lágrimas nos olhos.
– Calma! – pediu Zaliki, preocupada com a amiga.
– Controle sua respiração. Respire fundo contando até quatro, prenda a respiração, conte até quatro e solte. Faça isso três vezes.
Nur obedeceu a amiga e se concentrou em regular sua respiração.
No entanto, uma sacerdotisa ouviu o grito ecoado na biblioteca e correu até lá para ver o que estava acontecendo. Ela entrou repentinamente, perguntando:
– O que está acontecendo aqui?
– Não foi nada – disse Maleca. – Estamos ajudando Nur a controlar seu dom. Ela está bem. Só precisa de mais treino.
– Vocês deveriam estar em aula. Quem autorizou a saída de vocês hoje? – questionou.
– Não tivemos tempo para pedir autorização. É mais importante do que possa imaginar... – começou Zaliki, mas não conseguiu concluir sua frase; a sacerdotisa a interrompeu.
– Voltem agora para a sala de aula ou irei dar uma advertência às três – ordenou.
Se as aprendizas tomassem uma advertência, perderiam algumas regalias, como o direito de usar o *poço de comunicação*, o que poderia ser um problema.

Elas precisavam de um canal aberto com os deuses do mundo, pois não poderiam transformar o destino sozinhas.

As três obedeceram a sacerdotisa e voltaram para o auditório. Entraram no meio de uma aula da tutora Ava, e tiveram que ouvir, por isso, um belo sermão moral.

Na hora do almoço, Nur pegou apenas uma maçã e saiu comendo. Foi até o vilarejo de Maeer, na loja de Matilda, pagar os organites que lhe devia.

A velha bruxa tentou retirar de Nur informações sobre o futuro, mas a jovem aprendiza não lhe revelou nada. Agora, mais do que nunca, ela se incomodava diante de qualquer profecia – estava ciente de que o futuro podia ser transformado.

Assim que a última aula terminou, Nur, rapidamente, juntou seus livros e seguiu direto para o *poço de comunicação*, para falar com sua mãe.

No caminho para o subsolo do templo, uma sacerdotisa interveio em seu trajeto:

– Nur, por favor, precisa vir comigo. É urgente – disse a sacerdotisa.

Nur observou que ela usava o medalhão da pedra da lua. Somente sacerdotisas de alta hierarquia, próximas da deusa Karllyn, usavam a pedra da lua.

Antes que Nur pudesse perguntar o motivo da urgência, a sacerdotisa já se afastara com rapidez, contando que a aprendiza estivesse lhe seguindo.

Levou alguns segundos até Nur se dar conta de que precisava segui-la. Correu para alcançá-la.

Depois de subir centenas de degraus seguindo a sacerdotisa, finalmente Nur encontrou uma oportunidade para perguntar:

CAPÍTULO 3

– Aonde estamos indo? – sua voz quase não saiu, tamanho seu cansaço. Estava muito ofegante.

– A grande deusa Karllyn deseja lhe ver – respondeu a sacerdotisa.

Nunca, em toda a história da Escola de Magia de Karllyn, uma aprendiza teve um encontro pessoal com a deusa.

Todos sabiam que a deusa Karllyn vivia em seu templo, mas nunca era vista. O dom de Karllyn era o de abrir portais dimensionais. Ela conseguia transportar-se para qualquer lugar. As aprendizas acreditavam que a deusa vivia viajando a trabalho, para cuidar dos humanos primitivos de Gaia, que viviam em continentes onde a sabedoria da magia era ocultada.

Nur não sabia o que pensar. Estava assustada. Lembrou-se do risco de morte que sua mãe corria.

– Aconteceu alguma coisa com minha mãe? – perguntou alarmada.

– Creio que a deusa Mut esteja bem. Por favor, me siga em silêncio – pediu a sacerdotisa.

Os aposentos de Karllyn situavam-se no topo da torre mais alta de seu templo. Nur estava ofegando com avidez quando, enfim, chegou à torre mais alta.

A moradia da deusa tinha um pé-direito alto de sete metros, paredes revestidas de bronze envelhecido, teto com imensas claraboias piramidais e piso de pedra polida. Era imensa e majestosa.

Acompanhada da sacerdotisa, Nur entrou por uma porta dupla, de seis metros de altura. O imenso hall de entrada possuía um belo jardim interno, com plantas exóticas. Passaram por diversos ambientes, até chegarem ao grande salão para recepção de visitantes.

A deusa estava sentada em seu trono, à espera de sua aprendiza.

Nur ficou intimidada e encantada ao ver, pela primeira vez, a sua amada deusa.

Karllyn tinha quatro metros de altura, crânio alongado e grandes olhos enigmáticos, que transmitiam amorosidade e calma. Ela possuía uma admirável beleza excêntrica.

Aprendizas, magos e sacerdotisas que viviam e serviam em um determinado templo eram como filhos espirituais da deusa ou do deus do templo. Karllyn era a mãe de alma de Nur.

A aprendiza aproximou-se de sua deusa. Não conseguia nem piscar, tamanha sua comoção ao ver Karllyn. Nunca havia visto uma deusa tão grandiosa e imponente.

— Seja bem-vinda ao meu recanto, Nur, filha de Mut e Ámon — disse a gigantesca deusa, com uma aveludada voz.

— É uma imensa honra conhecê-la pessoalmente, minha amada e reverenciada deusa — disse Nur, arqueando seu tronco numa reverência de respeito à sua deusa e mãe de alma.

— Imagino que esteja curiosa para saber o motivo de eu ter lhe chamado, por isso vou direto ao assunto: sua mãe, a deusa Mut, acabou de entrar em contato comigo, dando a feliz notícia de que minha aprendiza, Nur, é uma Transformadora de Destino. Essa feliz notícia veio na hora certa, mostrando que o universo conspira a nosso favor, sempre.

CAPÍTULO 3

— Sim, minha deusa, é verdade. E fico feliz por ter sido chamada, pois o que vi no futuro é muito alarmante. Diria que o pior cenário possível.
— Diga-me tudo o que viu, filha, com o máximo de detalhes — pediu a deusa.
Nur lhe informou minuciosamente tudo o que havia visto em sua viagem ao futuro. Karllyn não demonstrou nenhum espanto, nenhuma comoção. Parecia já saber o que iria acontecer.
— Era o que eu temia — disse a deusa, assim que Nur terminou de falar.
— Conte-me, amada deusa, como posso ajudar a transformar o destino? E, se possível, gostaria de ficar a par de tudo o que está acontecendo — pediu Nur.
— Sente-se, minha amada filha, e eu lhe contarei tudo — pediu Karllyn, indicando com a mão uma macia e enorme almofada posicionada aos seus pés.
Nur se acomodou na imensa almofada, tão logo a deusa começou a falar:
— A grande trindade, Brahma, Vishnu e Shiva, são os deuses supremos que regem o universo em ciclos constantes de criação e destruição. Já era sabido que a era de Luz chegaria ao fim, pois nada é para sempre, somente a Fonte Criadora é eterna. Criação e destruição são interdependentes, e existem com um propósito divino de ser. Sabíamos que estávamos próximos do fim de um ciclo planetário. É notável a queda gradual da consciência das pessoas deste planeta. Muitos de nós, seres iluminados, estão se mudando para planetas mais evoluídos que Gaia. Enquanto os exilados de Capela, seres ainda muito infantis espiritualmente,

vieram nascer em nossa amada Gaia. Os exilados de Capela, liderados pelos magos das trevas e marcianos, vieram para dar início à era de escuridão, expiação e provas. Não podemos impedir o ciclo natural do universo. Mas precisamos, com todas as nossas forças, evitar a destruição completa do planeta. É dever do Conselho dos Doze preservar a genética primordial de todas as espécies de vida desta cosmonave. Pois existe um plano para este orbe um dia se tornar a morada de seres puramente divinos.

O desejo de Nur era impedir que a escuridão e a ignorância se instalassem em Gaia. Na opinião dela, lutar contra as trevas era o correto a se fazer. Não iria deixar que a ignorância tomasse posse de seu amado planeta. Estava determinada a lutar para que a era de Luz se perpetuasse em Gaia, e que a escuridão fosse destruída por completo.

— Pode falar mais dos marcianos e dos exilados de Capela? — perguntou Nur. Ela precisava conhecer bem os seus inimigos.

— Capela é uma constelação distante, onde há um belo planeta, similar ao nosso. Tal planeta chegou no fim de um ciclo de escuridão, e os seres que não foram capazes de evoluir para merecer uma era de Luz foram exilados para Gaia, que em breve entrará na era de escuridão. Os exilados de Capela são almas inteligentes, porém muito egoístas e sem sabedoria. Quanto aos marcianos, estes são mais preocupantes. Chegaram numa máquina do tempo, refugiados do planeta que eles mesmos destruíram numa guerra. Adentraram nossa dimensão provocando um rasgo no espaço-tempo de Gaia. Isso requer atenção, pois

CAPÍTULO 3

através dessa avaria no espaço-tempo, outras espécies, de outras dimensões ou tempos, poderão ter acesso ao nosso planeta. Mas já estamos trabalhando numa solução para esse fato. Enfim, foi a ruptura no espaço-tempo de Gaia que provocou a morte do dragão. Ele foi ferido lutando com um número muito grande de criaturas demoníacas, de outra dimensão, que tentavam invadir nosso mundo.

– Os magos das trevas estão tentando tomar o poder dos dois reinos – concluiu Nur.

– Exatamente. Com a ajuda dos marcianos, finalmente eles têm a chance de conseguir o que sempre almejaram. Eis o motivo de eu ter chamado você. Seu dom pode nos ajudar muito nessa guerra que se aproxima. Você e eu fomos convocadas para fazer parte do Conselho dos Doze – disse Karllyn, com um sorriso no rosto.

– Eu? – Nur exclamou, surpresa. – Mas eu não sou uma deusa. Não sou nem mesmo uma sacerdotisa!

O Conselho dos Doze era o governo de Gaia, formado pelos deuses mais poderosos do planeta. Eles gerenciavam os dois reinos e os continentes primitivos.

– Seu dom é muito especial, poderá nos ajudar a salvar Gaia da destruição completa. O Conselho dos Doze terá que lhe consultar em todas as reuniões realizadas de agora em diante. Por isso precisam de você como membro do conselho.

– Não é obrigatório ser uma deusa ou deus para fazer parte do Conselho dos Doze? – perguntou Nur, já sabendo a resposta.

– Um dia você vai se tornar uma grande deusa, minha filha. Porém, não temos tempo para esperar o seu despertar. A urgência e a gravidade do cenário nos obrigam a quebrar protocolos. Esteja pronta, hoje, às três horas da manhã; partiremos para uma reunião de emergência com o Conselho dos Doze. Esteja aqui minutos antes de nossa partida.

4

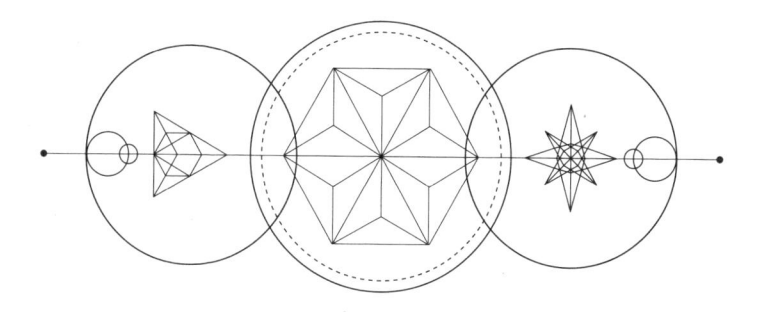

Nur não conseguiu pregar os olhos ao anoitecer. Estava ansiosa e receava perder o horário. Às duas horas da manhã, ela já estava vestida com sua túnica marrom e suas botas forradas com lã de carneiro. Sentou-se na cama e esperou.

A imensa lua cheia brilhava através da janela de seu dormitório. A noite estava calma, sem vento, sem neve e sem neblina. O céu estava estrelado, o que era bem raro na mandala de Ashter. Zaliki dormia profundamente. Nur preferiu não contar nada para as amigas sobre seu encontro com a deusa Karllyn, pois ela ainda não sabia até onde a verdade poderia ser dita, e sua maior fidelidade pertencia, acima de tudo, à sua deusa.

Alguém deu uma leve batida na porta. Rapidamente Nur levantou-se e abriu-a em silêncio. Era uma sacerdotisa de alta hierarquia, o medalhão da pedra da lua brilhava em seu peito; isso acontecia quando a lua estava cheia.

A sacerdotisa nada disse, apenas indicou com a cabeça que Nur a seguisse. A aprendiza fechou a porta com cuidado, para não acordar a amiga, e seguiu a sacerdotisa.

O caminho até a morada da deusa Karllyn era um labirinto de longos corredores, com escadarias ocultas e paredes falsas. Nur jamais saberia como encontrar o acesso à torre mais alta do templo sem alguém lhe guiando. A pedra da lua pendurada no pescoço da sacerdotisa era a única luz que iluminava o caminho. Formas fantasmagóricas oscilavam nas robustas paredes de pedra dos corredores. O espírito da água sussurrava dentro das paredes, e o vento uivava pelas fendas minúsculas das imensas janelas.

Chegando ao amplo espaço de morada da deusa, as sombras e a escuridão se foram. O local estava iluminado pela energia vril como se fosse dia.

Com um sorriso amoroso, Karllyn aguardava Nur.

Era a primeira vez que Nur via sua deusa em pé. Karllyn estava ainda mais bela e intimadora que no dia anterior.

— Bem-vinda de volta, minha amada filha — disse a deusa.

Nur fez uma reverência de adoração à deusa.

— Os deuses nos aguardam — disse Karllyn. Ela começou a girar seus braços em círculo, com movimentos delicados e suaves, então um portal de Luz

CAPÍTULO 4

começou a se formar. A abertura era semelhante a uma esfera de luz, com uma borda sutil de ondas oscilatórias.

– Não tenha medo – disse a deusa.

Nur aproximou-se do portal e sentiu uma suave brisa fresca saindo da esfera mágica. A brisa moveu delicadamente seus cabelos. Ela colocou seu capuz sobre a cabeça e atravessou o portal.

Uma forte luz a fez fechar os olhos, e, quando voltou a abri-los, já estava em outro lugar. Sentiu-se enjoada e um pouco confusa, mas logo essa sensação passou.

Ela conhecia aquele vasto espaço, era a câmara secreta da grande pirâmide de Caem, em Atlântida. Seu pai, o deus Ámon, já havia lhe mostrado aquela câmara secreta quando Nur ainda era uma criança. Ela se lembrou de quando seu pai lhe disse: *Um dia você será uma deusa. Virá sempre aqui, pois fará parte do Conselho dos Doze.*

Dez pares de poderosos olhos de deuses lhe observavam.

– Fico feliz em vê-la, minha filha – disse a deusa Mut.

Logo em seguida, a deusa Karllyn surgiu no espaço criando uma leve rajada de vento. E o portal se fechou.

Nur fez uma reverência aos deuses do Conselho dos Doze. Ela nunca havia estado diante de tantos deuses ao mesmo tempo. Ela era a única não divina no local. Sentia-se intimidada.

Estavam presentes para a reunião: sua mãe, a deusa Mut, e seu pai, o enigmático deus Ámon; o famoso deus Thoth, conhecido como o mais culto dos deuses; o engenheiro, deus Ptah; a deusa Laksmi, mãe de Havanna; a deusa Bastet, mãe de Maleca; a deusa Ixchel; a deusa Hum Batz; a deusa Saraswati; a deusa

Isis e a deusa Karllyn. Onze dos mais poderosos deuses dos dois reinos, unidos para uma importante reunião.

– Agora que todos estão presentes, podemos começar – disse Thoth.

Os deuses acomodaram-se em seus respectivos tronos de ouro, postos em círculo no vasto espaço. Havia onze tronos, cada um lapidado com o respectivo símbolo de cada deus ou deusa. Destoando dos majestosos tronos, havia uma simples cadeira de madeira. Nur sabia que o lugar era para ela, e foi direto para seu humilde assento.

Thoth era o líder do Conselho dos Doze, e foi quem deu início à reunião:

– Estamos aqui hoje reunidos, pois a grande transição planetária teve início. A era da escuridão se aproxima, e trará com ela a queda de Lemúrya e Atlântida. Como guardiões de Gaia, nossa missão é impedir a morte de nosso planeta e preparar o terreno para a Kali-yuga. Não deixaremos que a Luz se apague por completo neste mundo – começou Thoth.

Apesar de intimidada entre os grandes deuses, Nur estava indignada demais para se calar diante daquele discurso resignado do deus Thoth.

– Vão deixar que a ignorância vença? Estão entregando a vitória ao inimigo antes de a batalha começar? – perguntou, inconformada.

– Nossa natureza não é de guerreiros – disse Mut. – Somos seres pacíficos. É contra nossa natureza matar, destruir, criar o caos com um intuito ilusório de vencer. A verdadeira vitória está no amor incondicional e somente no amor.

CAPÍTULO 4

Então, se um estuprador vier até mim, devo abrir as pernas e deixar que faça o que quiser, sem lutar? Pois é exatamente isso que pretendem fazer, pensou Nur.
A maioria dos deuses podia ler pensamentos. Nur sabia.
— Iremos nos defender, mas não iremos atacar — disse Isis, em resposta ao pensamento agressivo de Nur.
— Quando deixar de ver o mundo numa perspectiva de dualidade, do bem e do mal, saberá reconhecer a importância dos ciclos de Luz e escuridão. Verá, então, a perfeição da vida como ela é — disse Thoth, olhando para Nur.
Thoth então continuou seu discurso:
— Nós não podemos abandonar a humanidade. Sei que a vontade de todos é partir para outra cosmonave, onde a Luz predomina e a magia existe, mas precisamos ficar. Temos que ajudar nossos irmãos mais novos, assim como os deuses do passado foram fraternos conosco quando vivíamos em ignorância.
A fala de Thoth tinha um propósito, pois dois membros do Conselho dos Doze escolheram deixar Gaia e partiram para mundos mais evoluídos. Karllyn e Nur passaram a ocupar as vagas dos deuses que abandonaram Gaia no início da transição planetária.
Após uma pausa, Thoth continuou:
— O destino da humanidade depende de nós. Sem nossa ajuda e nosso apoio, os humanos, na Kali-yuga, podem chegar facilmente à autodestruição. Temos que elaborar uma estratégia para ajudar Gaia e toda a vida de seu orbe.

— Eu entrei em contato com os deuses de Nibiru — começou Ámon. — O planeta Nibiru está numa distância favorável para uma viagem espacial até Gaia. Eles aceitaram nos ajudar.

— A que preço? — perguntou a deusa Ixchel. Ela sabia que os deuses de Nibiru não eram tão generosos a ponto de colaborarem de graça.

— Em troca de ouro — respondeu Ámon.

— E como eles poderiam nos ajudar? — perguntou a deusa Isis. Ela não confiava nos deuses de Nibiru, pois não eram compassivos, delicados e amorosos como os deuses de Gaia.

— Os deuses de Nibiru são grandes cientistas na arte da genética. Caso haja uma destruição muito grande nos dois reinos, eles nos ajudarão a preparar geneticamente os seres primitivos de Gaia, e também poderão nos ajudar criando uma estrutura sociocultural moral para os humanos da era da escuridão — respondeu o deus Ámon.

— Acha mesmo que podemos confiar nos anunnakis? — perguntou a deusa Laksmi.

Os deuses de Nibiru recebiam a nomenclatura de *anunnakis*, que significava "Filhos de Anu", pois realmente eram todos filhos do deus Anu.

— Sei que eles são temperamentais e um pouco arrogantes, mas a nossa situação é crítica, precisamos da ajuda deles — justificou Ámon.

As deusas não gostaram da ideia. Os anunnakis eram machistas e orgulhosos. Mas os deuses do conselho tinham consciência de que na era de Kali-yuga o feminino seria massacrado pelo masculino, com ou sem os anunnakis.

CAPÍTULO 4

E toda ajuda era bem-vinda. O mais importante seria não deixar Gaia morrer nem os humanos entrarem em extinção completa durante a transição planetária.
– Qual a sua sugestão, Thoth? – perguntou Mut.
– Precisamos construir ao redor do planeta diversas pirâmides, templos e portais dimensionais, para prevenir que a psicosfera de Gaia chegue a níveis de frequência alarmantes, o que seria destrutível. No início teremos que orientar os herdeiros da era da escuridão, até que aprendam a andar pelas próprias pernas dentro de uma cultura de moralidade. Os humanos da escuridão irão nascer sem a conexão com a Fonte Criadora, então precisamos deixar para eles textos sagrados que os orientem a voltar para a Luz – completou Thoth.
– No momento, o mais importante é prevenirmos a destruição planetária completa – disse Mut. – É por isso que Nur está aqui. Minha filha é uma Transformadora de Destino, e o dom dela irá nos ajudar muito.
Thoth pediu à Nur que contasse a eles, com detalhes, como seria a possível destruição de Gaia.
Antes que Nur respondesse ao pedido de Thoth, Karllyn pediu que ela tornasse a ver o evento futuro, para lhes apresentar informações ainda mais detalhadas.
– É importante que mantenha a emoção sob controle – disse Karllyn para Nur, orientando sua aprendiza. – Fique atenta à respiração. Quando controlamos a respiração, podemos controlar a mente.
Nur estava disposta a seguir a orientação da deusa. Ela se ajeitou na cadeira e se concentrou para ver os

detalhes que provocaram a morte da atmosfera de Gaia, bem como a data exata dos eventos apocalípticos.

Em poucos segundos, Nur saiu de seu corpo físico. Seu corpo astral viajou para o dia 19 da Lua Espectral, do Anel Solar Sol Amarelo – um ano e duzentos e noventa e oito dias no futuro. Abriu os olhos e viu os eventos como em um filme.

A batalha entre deuses e magos das trevas foi acirrada. Apesar de os deuses serem muito mais poderosos que os magos trevosos, estes uniram forças com os marcianos e com uma estranha espécie invasora que entrou pela fenda do espaço-tempo. Os novos invasores possuíam uma alta tecnologia.

Os deuses entregaram o poder dos dois reinos nas mãos dos inimigos sem ao menos tentar lutar, deixando a escuridão assolar o planeta.

Assim que os deuses abriram mão do poder dos dois reinos, os marcianos se voltaram contra os magos das trevas. Uma nova guerra se iniciou entre as duas facções trevosas, que buscavam o domínio absoluto do planeta.

Numa tentativa desesperada para não perder o controle, o líder dos marcianos – um homem ariano, alto e muito musculoso, de barba longa e olhos azuis – decidiu que seria tudo ou nada. Eles não estavam dispostos a viver num mundo governado por bruxas e sacerdotisas. Isso seria muita humilhação, algo inadmissível para eles. Preferiam morrer lutando, enquanto ainda tinham certo controle do mundo, do que esperar até serem condenados por bruxas delicadas de fala mansa. Nada seria mais ultrajante

CAPÍTULO 4

para um marciano. Eles odiavam aquilo que mais temiam, que era a mediunidade mágica de uma mulher.

O líder marciano, chamado Mu-há, estava diante de um mapa, e muitos outros marcianos estavam ao seu redor aguardando suas ordens.

Nur aproximou-se para ver o esquema. Era o mapa do planeta Gaia.

– Teremos que usar a 666, não vejo outra saída – informou Mu-há.

Os engenheiros entreolharam-se preocupados, e um deles disse:

– Existe uma chance de a 666 provocar alterações drásticas no eletromagnetismo do planeta.

– Você disse que havia aperfeiçoado a arma! – gritou o líder, irritado.

– Sim – disse o engenheiro assustado. – Os números mostram que a destruição não será tão grande, mas não é possível ter certeza sem antes testarmos.

– Não temos tempo para testes – retrucou Mu-há, carrancudo e impaciente. – Temos que arriscar. Agora é tudo ou nada! Se não bloquearmos a genética que permite a magia fluir nos rebanhos deste planeta, seremos escravos de bruxas – vociferou.

Era visível que a maioria dos marcianos discordava do líder, mas não eram loucos a ponto de manifestar a discórdia. Na cultura marciana não havia um "Conselho dos Doze". Os marcianos seguiam um único líder, que tinha o poder absoluto de tomar todas as decisões sozinho, para toda a sociedade.

– Aqui. Vejam. – O líder apontou no mapa. – Quero que a 666 seja lançada no centro de Caem. Preparem tudo! – ordenou. – Daqui a exatamente uma semana lançaremos a 666 e acabaremos de vez com a festa da estúpida escória das sacerdotisas e magos deste planeta.

Nur acreditava já ter coletado informações e detalhes suficientes. Voltou para seu corpo físico. Os deuses a olhavam aguardando pela informação.

– Eu estava no dia 19 da Lua Espectral, do próximo Anel Solar. Uma arma será lançada "uma semana" após essa data. Mas eu não sei o que significa *uma semana* – disse Nur, frustrada.

– Os marcianos usam uma contagem exclusivamente solar, propositalmente desconsiderando as fases da lua. Uma semana significa um plasma radial – explicou Karllyn.

– Enquanto pensamos numa forma para que isso não aconteça, Nur poderá continuar viajando no tempo e coletando mais informações – pediu Mut.

Nur concordou com a cabeça. Ela faria de tudo para transformar o destino e impedir que a escuridão devorasse os dois reinos.

A cada viagem que Nur fazia para o futuro, novas estratégias iam sendo elaboradas pelos deuses do conselho.

Quando os deuses notaram que Nur estava exausta, a reunião do Conselho dos Doze teve fim.

Karllyn e sua aprendiza voltaram para o templo através do portal reaberto pela deusa.

Assim que adentraram o grande salão do templo de Karllyn, a deusa avisou à sua aprendiza:

– Amanhã, depois de suas aulas, esteja aqui. Aguardarei você.

CAPÍTULO 4

Nur apenas concordou, sem questionar. Voltou para o seu dormitório. Estava tão cansada que rapidamente pegou no sono.

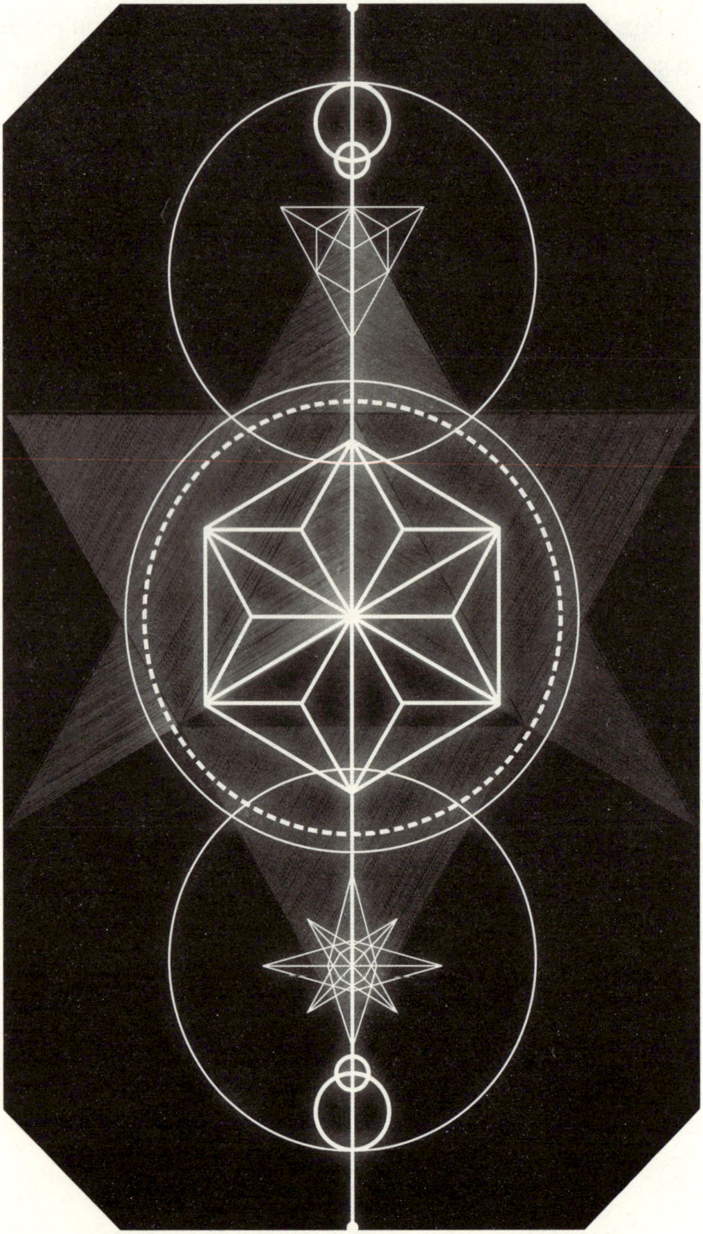

5

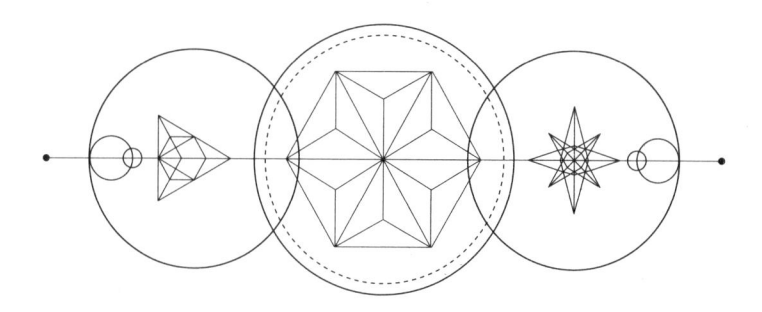

A neve caía pesada em Maeer. As densas nuvens esconderam o nascer do sol. Parecia noite, apesar de ser dia. Nur sempre despertava antes de Zaliki. Mas não desta vez. Passar a madrugada toda com o Conselho dos Doze fez com que ela dormisse mais do que deveria.

– Estamos atrasadas – exclamou Zaliki, sacudindo os ombros de Nur para fazer a amiga acordar. – Se continuar na cama, iremos perder o desjejum.

– Já acordei – disse Nur ainda de olhos fechados e com uma voz abafada, o que deixou Zaliki na dúvida se ela havia mesmo despertado ou se estava falando enquanto dormia, sonhando que estava acordada.

— O que há de errado com você? Acorda logo! Precisamos ir — pediu novamente, agitando o ombro da amiga com mais força.

Vencida, Nur sentou-se na cama ainda um pouco sonolenta. Seria um dia puxado. Assistiria às aulas durante o dia todo e, no final da tarde, subiria à torre mais alta do templo de Karllyn para se encontrar com a sua deusa.

— Vou precisar de uma poção mágica para me manter acordada — disse Nur, enquanto vestia sua túnica marrom de aprendiza. Jogou o capuz sobre a cabeça para esconder os olhos inchados de sono e as olheiras profundas.

— Parece até que você passou a madrugada toda acordada — comentou Zaliki. Ela não havia notado a ausência de Nur durante a noite.

— Pois é. Passei a madrugada fora.

— Como assim? Para onde você foi? — perguntou Zaliki.

— Vamos. Preciso ir ao banheiro, urgente! No caminho do refeitório eu conto — disse Nur.

Como combinado, Nur contou à amiga o que havia acontecido. A expressão de Zaliki se alternava entre o espanto e a surpresa, mas ela se manteve em silêncio, pensativa.

A situação é muito mais séria do que eu imaginava, pensou Zaliki.

Quando chegaram ao refeitório, Maleca, Yara e Safira já estavam sentadas a uma mesa com magnífica visão privilegiada do mar de Maeer. A tempestade de neve era um espetáculo à parte. Zaliki e Nur seguiram até a mesa das amigas e se sentaram junto com elas.

CAPÍTULO 5

Zaliki estava mais quieta e séria do que o normal, ainda pensativa e preocupada com o que Nur havia lhe revelado, e Nur parecia um zumbi.

Maleca foi a primeira a notar o semblante incomum das duas:

– Vocês duas estão péssimas – disse.

Nur e Zaliki nada disseram em relação ao comentário.

Havia chá de canela, torradas e ghee sobre a mesa. Nur serviu-se de chá e pediu um favor à Safira:

– Você pode transmutar meu chá em poção para tirar o sono?

Safira tinha o dom de se comunicar com o espírito da água, por isso ela era mestre em magia de transmutações envolvendo líquidos.

– É claro. É um feitiço muito simples, na verdade.

Nur empurrou sua caneca de bronze na direção da amiga.

– Por favor – pediu.

Safira respirou fundo, começou a girar a mão sobre a caneca e, em poucos segundos, empurrou-a de volta.

– Obrigada – agradeceu Nur. Pegou sua caneca e bebeu todo o líquido. O sabor de canela permanecia. Em poucos instantes, seu estado de sono foi diminuindo e ela foi ficando mais alerta e consciente. Sem a inércia do sono, começou a relembrar o que havia acontecido durante a madrugada, no Conselho dos Doze.

As aprendizas tinham uma boa intuição, sabiam que Nur e Zaliki escondiam algo. Maleca não conseguiu se segurar.

– Que eu me lembre, somos amigas, não guardamos segredos umas das outras – disse, chateada.

Zaliki olhou para Nur. O segredo não era dela, por isso era Nur quem deveria contar.

— Eu conheci a nossa deusa Karllyn, pessoalmente — começou Nur.

Maleca e Safira entreolharam-se surpresas, sem acreditar no que ouviam. Mas sabiam, por intuição, que era verdade. Elas reconheciam uma mentira com muita facilidade.

— Como foi isso? — perguntou Maleca, com espanto nos olhos.

— Faço parte do Conselho dos Doze. Fui a Caem, por um portal aberto por Karllyn — resumiu, sem nenhuma empolgação. Não se sentia vaidosa, pois a responsabilidade massacrava qualquer entusiasmo que poderia haver num cargo tão nobre.

As aprendizas ficaram sem reação, nada disseram. Não sentiram inveja, mas também não estavam felizes pela amiga. Estavam preocupadas. Sentiam que algo de muito errado estava acontecendo no mundo.

— Conheci sua mãe, Maleca. Ela é maravilhosa — comentou Nur. — Nunca tinha visto uma divindade felina antes.

Maleca não sabia que a mãe estava fazendo parte do Conselho dos Doze. Presumiu que Bastet lhe ocultara tal informação para lhe proteger de preocupações. Maleca ficou sem reação, tamanha a surpresa.

— A deusa Bastet faz parte do conselho? — perguntou Yara.

Bastet era uma grande deusa protetora, requisitada somente quando havia um grande perigo iminente para os humanos.

CAPÍTULO 5

– Quem mais faz parte do Conselho dos Doze? – perguntou Safira.

Nur contou sucintamente sobre o conselho. Então elas entenderam a expressão séria na face de Zaliki.

– O que vamos fazer? – perguntou Safira, referindo-se ao perigo à espreita.

– Agora vamos assistir à aula de magia de transmutações, da professora Mind, e aproveitar cada momento juntas. Aproveitar a aula, o templo, a nossa vida... – Maleca deixou a frase morrer. Ao tentar transmitir otimismo, acabou revelando sua resignação quanto ao futuro sombrio que as aguardava.

– Não é o fim do mundo – disse Zaliki. – Vamos logo para a aula, estamos atrasadas – falou, tentando parecer mais animada e otimista. Mas não conseguiu enganar ninguém. Todas sabiam que era, sim, o fim do mundo.

As aprendizas já se davam conta da realidade. A era da escuridão estava prestes a engolir toda a beleza e magia do mundo. As trevas dominariam o planeta.

Nur ainda não aceitava a situação. Estava determinada a usar seu dom para evitar que a era da escuridão surgisse em Gaia. Lutaria com toda a sua força para manter a era de Luz. Em seu íntimo, ela se revoltava contra os deuses, que pretendiam entregar o planeta nas mãos de seres das trevas sem ao menos lutar.

No caminho para a sala de aula, ela percebeu que estava cerrando as mãos em punho com tanta força que suas unhas cravaram na palma da mão. Ela estava com raiva dos marcianos e dos magos das trevas. Não se julgava ingênua e passiva como a maioria dos deuses dos dois reinos. Se fosse preciso, mataria os marcianos e magos trevosos para que a era da escuridão jamais destruísse seu mundo. Agora que o sono fora embora, notou que uma força poderosa nascia dentro de si.

Nur entrou na sala de aula e sentou-se no lugar de sempre. A raiva ainda lhe queimava por dentro.

Uma das aprendizas de sua turma a olhava assustada. Era Durya, que tinha o dom de ver o campo áurico das pessoas. Ela via Nur em chamas. Durya era uma pequena fada de pele dourada e cabelos platinados. Ela não conteve sua curiosidade, foi até Nur.

– O que aconteceu? – perguntou.

– Nada que você possa ajudar, Durya.

Nur não queria conversar com ninguém. Só queria que aquele dia de aula acabasse logo para ir à torre de Karllyn e questionar à deusa sobre a atitude covarde dos deuses do Conselho dos Doze. Pensava na necessidade urgente de adquirir grandes poderes para conseguir destruir os marcianos e os magos das trevas.

A aula pareceu se arrastar. Zaliki notou o semblante de ira na face de Nur. Não só o mundo estava mudando, mas sua melhor amiga também. Nunca havia visto Nur com um semblante tão pesado.

Naquela aula, elas aprendiam a mágica de germinar uma semente de girassol em apenas trinta segundos. Depois da explicação teórica, era a vez de praticar. Cada aprendiza recebeu um vaso com terra e uma semente de girassol.

Nur estava tão determinada a adquirir poderes que concentrou toda a sua atenção na aula. Afundou a pequena semente na terra do vaso, posicionou sua mão sobre o recipiente e começou a ressoar o mantra

CAPÍTULO 5

da fertilização. Fechou os olhos e se concentrou com muita determinação. Ao mergulhar no exercício, acabou entrando em estado mental theta.

Ela nem notou a amiga Zaliki lhe chamar. Somente na terceira vez ouviu a amiga chamando seu nome:

– Nur!

Ela abriu os olhos e viu o girassol morto na sua frente. A flor havia crescido, florescido, secado, e estava agora, diante dela, completamente morta.

Nur ficou constrangida pelo que havia feito.

– Como foi que você fez isso? – Zaliki sussurrou, tentando não chamar a atenção de ninguém. As aprendizas estavam concentradas e não haviam notado o desastre da tarefa de Nur.

– Não sei.

A professora Gyn observou a planta morta de Nur e, incomodada, não pôde evitar revirar os olhos. Mas nada disse naquele momento.

Nur queria poder esconder seu vaso de girassol morto. Estava macabro.

Assim que todas terminaram a tarefa, Gyn deu a elas um intervalo e pediu para Nur permanecer na sala. Algumas aprendizas passaram pela bancada de Nur, olhando assustadas o girassol completamente seco e morto.

Gyn aproximou-se da bancada de Nur.

– Onde aprendeu o cântico da morte? – perguntou ela.

– O quê? – Nur não sabia como havia feito a planta morrer.

– Deve ter surgido de uma memória genética ancestral – supôs Gyn, ao notar que Nur não tinha consciência do que havia feito. – Tudo bem, querida, pode ir.

— Devo me preocupar com o que eu fiz aqui na aula? — Nur perguntou.

— Boa pergunta. Contanto que mantenha sempre as emoções sob controle, não há nada com o que se preocupar.

— O que isso significa? E se eu me descontrolar? O que acontecerá?

Nur estava cansada de tantos mistérios e segredos entre as sacerdotisas.

A professora parou. Ficou pensativa para elaborar uma explicação:

— Você intuiu o cântico da morte, veio naturalmente sem que pensasse. Isso indica que você tem o dom da magia das trevas. Mas isso não quer dizer que você seja ou será uma praticante da arte das trevas. Você escolhe o seu caminho.

Nur ficou profundamente envergonhada por ter o dom da arte das trevas. Ela odiava as trevas. Queria destruir as trevas.

Há pouco tempo, ela não tinha nenhum dom. E, agora, tinha dois: o dom de Transformadora de Destino e o dom da arte das trevas. Era muito raro uma sacerdotisa ter mais de um dom. Mas ela se recusava a aceitar o dom das trevas.

— Jamais vou querer usar esse dom de magia das trevas — disse com convicção.

— Fico feliz em ouvir isso — disse Gyn, com um sorriso sincero e certo alívio. — Precisa trabalhar o seu controle emocional, minha querida. Trabalhe a humildade e a inteligência emocional. A magia das

CAPÍTULO 5

trevas envaidece com muita facilidade. É uma arte muito sedutora.

Nur concordou com a cabeça rapidamente. Ela estava assustada e com medo de si mesma. Pediria ajuda à deusa Karllyn para que esse seu dom nunca se manifestasse.

Saiu cabisbaixa da sala de aula, concentrando-se em sua respiração para controlar sua mente e suas emoções.

Maleca estava no corredor esperando por Nur para irem juntas à sala comunal de refeição.

Nur desejou ser como Maleca, que possuía apenas um dom inofensivo. Entrar no corpo de um gato não poderia causar morte e destruição no mundo, nem a colocaria numa posição de alta responsabilidade como membro do Conselho dos Doze.

– Que cara é essa? – perguntou Maleca ao notar o semblante fechado de Nur.

Desde que descobrira seu dom de Transformadora de Destino, Nur havia perdido o brilho da alegria no olhar, como se a esperança e a inocência da juventude tivessem sido arrancadas de seu ser.

– Queria ser como você – confessou. – Tudo seria muito mais simples.

– Está de brincadeira? Você virou uma celebridade do dia para a noite e está reclamando? Todos em Maeer só falam sobre seu dom de Transformadora de Destino. Acho que foi Maltida quem espalhou a notícia. Quero só ver quando descobrirem que você faz parte do Conselho dos Doze. Você passou de uma garota comum, sem dom, para uma das mais incríveis aprendizas da Escola de Magia de Karllyn.

De fato, descobrir seu precioso dom de Transformadora de Destino era algo notável, mas Nur sequer teve tempo de ficar animada e feliz pela descoberta, pois surgiu um problema atrás do outro. Além disso, ela se deu conta de que o preço de um grande poder seria ter uma grande responsabilidade. Assim, sua expectativa de ter um dom se desfez, como névoa se dissipando, dando espaço a uma preocupação constante.

— Acabei de descobrir que tenho o dom da magia das trevas — confessou à amiga. Ela precisava desabafar, sentia que estava a ponto de explodir. Deixou as lágrimas escorrerem e tapou o rosto com as mãos.

Maleca arregalou os olhos e deixou seu queixo cair. Pessoas com o dom da magia das trevas não eram aceitas no templo de Karllyn.

Seres praticantes da magia das trevas não seguiam regras e não tinham nenhuma conduta ética ou moral. Mas Maleca conhecia Nur, que ela percebia ser uma doce e humilde garota que não se gabava por ser filha de deuses poderosos, e não se importava com fama. Ela parou para pensar por uns segundos e concluiu que Nur jamais poderia se tornar uma praticante da magia das trevas.

— Desde que você não use esse poder, não há nada de errado — disse Maleca, tentando consolar Nur. Ela abraçou a amiga, pois era o melhor que poderia fazer naquele momento. E era exatamente do que Nur precisava.

6

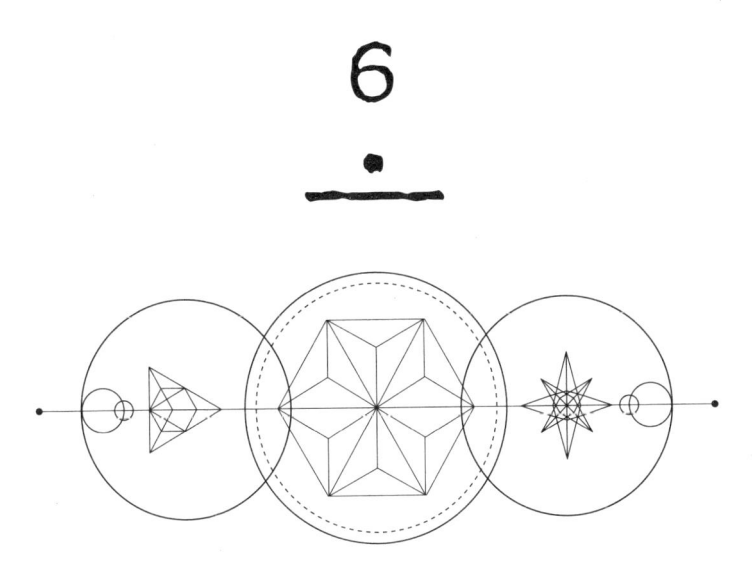

O majestoso salão de recepção da torre de Karllyn estava com uma bela iluminação alaranjada, como a luz de um esplendoroso pôr do sol. A imensa claraboia do teto exibia a lua cheia perolada; as densas nuvens cinza haviam deixado uma abertura para a lua brilhar. As tochas nas paredes de pedra estavam acesas, produzindo chamas alaranjadas, liberando o aroma apimentado e lenhoso de olíbano. O único som que se ouvia era o crepitar das tochas.

Em pé no salão, Nur aguardava a grande deusa chegar. Ela se distraía observando as formas geométricas de yantras no piso; eram hipnotizantes e a deixavam relaxada.

Além dela, também havia três sacerdotisas presentes, todas professoras de Nur. Elas usavam o medalhão da pedra da lua. Uma delas era a professora Ava, a outra era a professora Ananta. E a terceira era a professora Gyn; foi ela quem descobriu que Nur tinha o dom da magia das trevas. Gyn certamente havia informado a deusa Karllyn sobre o inusitado dom trevoso recém-descoberto em sua aprendiza prodígio.

Ao pensar no assunto, veio em Nur o receio de ser expulsa da Escola de Magia de Karllyn, o que a tirou do estado hipnótico produzido pelos yantras. Olhou para a pedra da lua do medalhão de Ava. Usar aquele cobiçado medalhão nunca lhe pareceu uma realidade tão impossível como naquele momento. Ela entenderia se fosse expulsa. Seria o mais razoável a se fazer: não permitir que alguém com o dom da magia das trevas ocupasse um cargo de sacerdotisa.

Karllyn entrou no grande salão; trajava um belo vestido prateado brilhante. Estava imponente como uma deusa. Sua luz interior iluminou o imenso espaço. Seu crânio alongado estava belamente tatuado com formas geométricas sinuosas e delicadas, da cor prateada. Os olhos, muito bem delineados, ressaltavam sua íris dourada. Ela caminhou com leveza até seu trono de cobre, esculpido com dragões serpentes.

Era interessante ver uma deusa de mais de quatro metros de altura parecer tão leve e graciosa.

As sacerdotisas ajoelharam-se perante a deusa. Nur fez o mesmo.

CAPÍTULO 6

Com um gesto mínimo e delicado com a mão, a deusa pediu para que todas se levantassem.

– Namastê, minhas queridas filhas. Como já sabem, uma grande batalha se aproxima, temos que nos preparar para a transição planetária – disse a deusa Karllyn, com sua suave voz.

Quando seu olhar encontrou o de Nur, a aprendiza sentiu-se amada e acolhida. Toda sua preocupação se desfez.

– Precisam entender que a situação requer que algumas regras sejam quebradas, pelo bem de Gaia e pelo bem maior de todos – continuou a deusa.

Nur sentiu-se aliviada ao constatar que não seria expulsa. A deusa notou o pensamento de sua aprendiza e disse com um sorriso de bondade:

– Quebraremos a regra que torna inadmissível em meu templo quem detém o dom da magia das trevas.

Ava não se conteve em demonstrar sua contrariedade diante daquela ruptura da ordem. Sua expressão carrancuda deixava bem clara sua opinião adversa em aceitar uma pessoa com o dom da magia das trevas estudando no templo de Karllyn.

A deusa fez um outro gesto de mão, pedindo para Nur se aproximar.

Tirando seu capuz, Nur caminhou até a deusa e ajoelhou-se.

A deusa entrou em transe; seus olhos tornaram-se brancos e sua voz mudou sutilmente.

– Nur, filha de Mut e Ámon, a partir de agora você inicia seu caminhar para desenvolver os seus dons – pronunciou a deusa.

Nur parou de respirar ao ouvir *dons*, no plural. *A quais dons a deusa se refere?* – pensou preocupada. Jamais pretendia fazer uso do dom da magia das trevas.

A deusa ouviu o íntimo pensamento de Nur e respondeu:
– Tudo o que existe é para um propósito maior. A grande deusa da destruição habita em você. Precisamos dessa força a nosso favor. Só assim venceremos.

– Não entendo. Como o dom das trevas poderia ajudar a Luz? – perguntou Nur, constrangida e contrariada.

– A mãe natureza se manifesta nas deusas deste planeta. Quando ameaçada, a natureza se torna uma guerreira mortífera e perigosa: Kali. Essa força começará a desabrochar em você.

As sacerdotisas entreolharam-se, assustadas. Sabiam que Kali significava o ódio e a destruição. Kali era a deusa das trevas.

Ao sentir a agitação, a deusa Karllyn dirigiu-se a todas:
– Vocês têm um julgamento errado de Kali. Não compreendem sua importância e o verdadeiro papel que ela representa neste mundo. Kali destrói os obstáculos para que o novo seja criado. Ela tem o dom da salvação. Representa a natureza vibratória do universo. Ao contrário do que pensam, Kali traz o fim da maldade, pois o que ela destrói é o inimigo da natureza. A deusa Kali é uma ceifadora indispensável para a manutenção do mundo, para o fim de uma era e o início de outra. Temos aqui diante de nós – Karllyn apontou para Nur, que continuava ajoelhada e estava indignada com seu futuro – o avatar da deusa Kali, que em breve estará entre nós, decapitando os inimigos de Gaia.

CAPÍTULO 6

As mãos de Nur começaram a tremer. Ela cerrou os punhos com força, para tentar se controlar. Uma ira nascia dentro dela. Ela desejava arrancar a cabeça dos marcianos, desejava beber todo o sangue dos magos das trevas, retirando deles toda a força vital. Precisava se controlar. Aqueles pensamentos e desejos lhe causavam repulsa e ânsia. Ela odiava sua maior sombra e precisava enterrá-la nas profundezas de seu abismo mental, pois aquilo era muito vergonhoso. Nur não queria ser a destruição, a louca raivosa, a matadora insana. Ela queria ser como sua mãe, Mut, ou como sua deusa Karllyn, seres de pura misericórdia e amor que irradiavam Luz.

Nur fechou os olhos com força para que tais pensamentos obscuros lhe saíssem da cabeça.

– Não adianta lutar contra sua natureza, minha filha – disse Karllyn, com uma doce voz. – Chegue mais perto – pediu.

A aprendiza obedeceu. Aproximou-se de Karllyn, que continuava sentada em seu trono.

A deusa pegou a pequena mão de Nur e disse-lhe, olhando em seus olhos:

– Não poderemos vencer sem a ajuda de Kali. Somente a maior de todas as guerreiras poderá vencer esta guerra.

– Eu quero ajudar, minha deusa mãe, mas não quero ser a destruição e a morte. Não quero sentir esse ódio. Quero ser a Luz, como você.

– Negar sua sombra de nada ajudará. Pelo contrário. Será prejudicial a todos nós. Você é sombra e Luz, expressando as forças do universo de criação e destruição constantes, num equilíbrio perfeito. Para esse equilíbrio, é essencial que você conheça bem a sua sombra, e, se tiver o controle sobre ela, poderá usá-la em benefício da Luz – proferiu a deusa.

Nur olhou profundamente nos olhos de sua deusa, revelando em seu olhar seu desejo profundo de levar a vitória para a Luz. Ela faria tudo que estivesse ao seu alcance para conseguir essa glória.

– Ótimo! – disse a deusa, feliz, ao ler o olhar de Nur.

Karllyn olhou para Gyn. A sacerdotisa aproximou-se carregando uma bela túnica vermelha de veludo. Aquela seria a nova vestimenta que Nur deveria usar a partir de então.

Nur retirou sua túnica marrom, ficando apenas com suas roupas íntimas e suas botas de inverno, e deixou-se vestir com sua nova túnica vermelho-sangue.

A deusa Karllyn levantou-se com delicadeza e curvou-se para afivelar um medalhão de triquetra no pescoço de Nur.

A aprendiza tocou o medalhão com as mãos. Não era a pedra da lua, mas era tão significativo quanto.

– Você agora faz parte da grande tríade – disse a deusa.

Nur sabia perfeitamente quem ela representaria dentro da grande tríade. Ela seria a destruição.

– Nur, filha de Mut e Ámon, hoje começa o seu processo de iniciação para receber o título de sacerdotisa – ordenou a deusa.

– O quê? – assustou-se Nur. – Mas eu não estou preparada para os testes, minha deusa.

O processo de iniciação para uma aprendiza se tonar uma sacerdotisa não era fácil. Na verdade, chegava a

CAPÍTULO 6

ser perigoso, com risco de morte. Eram necessários sete anéis solares de estudo integral para que uma aprendiza fosse capaz de passar pela iniciação. E Nur estava iniciando o terceiro anel solar de estudo.

— Desculpe, minha querida — murmurou Karllyn, comovida. — Não temos tempo. Você faz parte do Conselho dos Doze, precisa estar preparada. As tutoras Gyn e Ava irão lhe ajudar no processo de iniciação. Você tem o sangue dos deuses em suas veias, sei que conseguirá.

Karllyn ergueu-se e retirou-se acompanhada de Ananta, deixando Nur nas mãos de Gyn e Ava.

— Eu e a professora Ava iremos prepará-la para se tornar uma grande sacerdotisa — começou Gyn. — Já vou lhe avisando que não será fácil. Passará por testes práticos rigorosos. Não basta saber a teoria, somente a experiência proporcionará a você o entendimento verdadeiro da sabedoria divina. Hoje eu irei lhe ensinar sobre o domínio das sombras; logo em seguida, será testada. Se passar no teste, ótimo. Caso contrário, passará por outros testes, cada vez mais difíceis. Então, sugiro que dê o seu máximo.

— Gyn será sua mentora hoje — interrompeu Ava. — Vou me retirar para meus aposentos. Vejo vocês amanhã — disse ao sair.

Nur sentiu-se aliviada. Sabia que Ava não gostava nem um pouco dela. Ela preferia Gyn como mentora.

Gyn esperou Ava se retirar do grande salão e então se virou para Nur, iniciando sua mentoria.

— Vamos até a sala dos espelhos — pediu Gyn, animada.

Nur a seguiu. Elas saíram da torre de Karllyn, desceram diversas escadas, passando por vários corredores. Em um determinado ponto, diante de uma parede de pedra bruta, sem porta, Gyn simplesmente fez uma curva acentuada e atravessou a parede. Nur permaneceu parada, sem entender o que havia acontecido.

Ouviu Gyn chamando-a:

— Venha logo, não é uma parede. É só uma ilusão com jogos de espelhos.

A aprendiza aproximou-se da suposta parede e esticou seu braço para tocá-la. Realmente era uma ilusão, uma holografia perfeita; a entrada era camuflada pela imagem refletida de um espelho. Nur atravessou a abertura e entrou na sala de espelhos.

Era confuso estar dentro daquele espaço. Difícil perceber o que era real e o que era imagem ilusória, refletida por algum espelho. Havia várias passagens. Aquela sala era um labirinto de espelhos.

— O domínio das sombras! — falou Gyn, abrindo seus braços, dando um início teatral aos ensinamentos. — Todos nós somos sombra e Luz. Mas somente os grandes mestres são capazes de conhecer e dominar suas sombras. Elas são frutos de ilusões, assim como as ilusões produzidas por estes espelhos. Elas servem para que sejamos capazes de descobrir onde a ilusão está sendo refletida. Elas nos oferecem experiências que nos impulsionam à evolução. O mundo e tudo o que você vê e percebe são um reflexo num imenso espelho chamado de *realidade*. Sua realidade é um labirinto de espelhos.

— E novamente Gyn abriu os braços, mostrando as imagens dos espelhos para sua aprendiza.

Nur olhou ao redor e observou sua imagem sendo refletida em centenas de espelhos. Acabou se distraindo

CAPÍTULO 6

numa infinidade de si mesma, e demorou alguns segundos para notar que sua mentora havia desaparecido.

– O que você vê ao seu redor? – a voz de Gyn surgiu, vinda de todas as direções.

Nur deu uma volta de trezentos e sessenta graus olhando ao redor. Tudo o que via era seu reflexo. Gyn não estava em nenhum lugar.

– Meu reflexo – Nur respondeu o óbvio. Afinal, ela estava numa sala de espelhos.

– Feche seus olhos – disse a voz de Gyn.

A aprendiza obedeceu.

– Agora abra – ordenou a voz da mentora.

Milhares de pessoas estavam refletidas nos espelhos. Pessoas que Nur já havia visto e conhecido em algum momento de sua vida. Sua mãe a olhava com amorosidade. Maleca, com um sorriso alegre. Zaliki, afetiva como sempre. Ela viu Ava, e ficou tensa. Mas lembrou-se de que Ava não estava lá, era apenas um reflexo ilusório.

– Quero que ande pelo labirinto de espelhos. Quando vir alguém que não goste, pare e observe.

Nur caminhou entre os espelhos. Era perturbador, parecia que estava sendo observada por centenas de pessoas. Parecia ser muito real.

Andando pelo labirinto, ela encontrou o líder dos marcianos, com seu semblante arrogante e grotesco. Lembrou-se de sua visão, quando ele ordenava aos seus vassalos que aniquilassem Caem. Ela o odiava. Aquele marciano pretendia matar milhares de pessoas boas e gentis, que jamais fariam mal a ninguém. Os marcianos eram invasores cruéis; os maiores inimigos dos dois reinos.

Nur encarou aquela detestável imagem. Ela olhou no fundo dos olhos dele. O marciano abriu um sorriso malicioso e cruel.

— Eu sou o oposto de você — disse a aprendiza para a imagem no espelho. Ela não via nenhuma similaridade entre ela e o marciano. Só conseguia ver as divergências, e eram muitas.

O marciano gargalhou com escárnio, e cruzou os braços, jubiloso. Virou fumaça e sumiu. Surgiu em seu lugar outra imagem; era Kali, a deusa da destruição. Kali estava azul de ódio, com seus olhos arregalados de excitação, os cabelos sujos de sangue seco, o corpo coberto por um líquido preto, oleoso. Em seu pescoço havia um colar feito de cabeças decepadas. Kali olhou nos olhos de Nur, abriu a boca e mostrou a língua, intimidadora. Ela parecia uma louca, descontrolada e raivosa. Uma versão feminina do demoníaco marciano.

As mãos de Nur começaram a tremer. Ela não queria ser aquela criatura horrenda. Recusava-se. Lutaria contra a própria natureza, mas não aceitaria se transformar numa destruidora insana das trevas.

Kali começou a dançar sobre o cadáver do marciano degolado, cuja cabeça adornava seu colar.

— Não! — Nur gritou. Ela não permitiria se tornar um demônio. Podia perfeitamente escolher seu caminho. Não aceitaria ser a deusa da destruição e da morte.

Seu grito fez o espelho que refletia Kali quebrar-se em pedaços. Os cacos caíram aos seus pés. Agora tudo o que via era sua própria imagem, em milhares de reflexos, usando a longa túnica vermelha com o medalhão de triquetra no pescoço. O capuz cobria sua testa, seus

CAPÍTULO 6

olhos estavam faiscando de raiva de si mesma e de seu suposto destino. Ela se encarava com ódio no espelho, não gostava do que via, seu rosto parecia o de uma bruxa feiticeira, praticante de magia das trevas, o oposto da leveza e beleza das faces das deusas dos dois reinos. Não aguentava mais ver a verdade refletida nos espelhos. Olhou para baixo e tapou o rosto com as mãos.

Gyn surgiu atrás de um espelho. Estava desapontada.

– Por hoje chega – foi tudo o que disse.

Nur sabia que havia falhado.

– Isso é um absurdo! Querem que eu me torne um demônio? Eu tenho o direito de escolher ser diferente de Kali – disse, justificando sua falha.

Gyn abriu um sorriso triste.

– Liberdade para escolher quem você é ou deixa de ser requer autoconhecimento, autorresponsabilidade e sabedoria. Requer conhecer profundamente suas sombras – disse Gyn, desanimada e desapontada com a aprendiza. – Vá descansar. Amanhã precisa acordar cedo para a aula. Será mais um dia exaustivo.

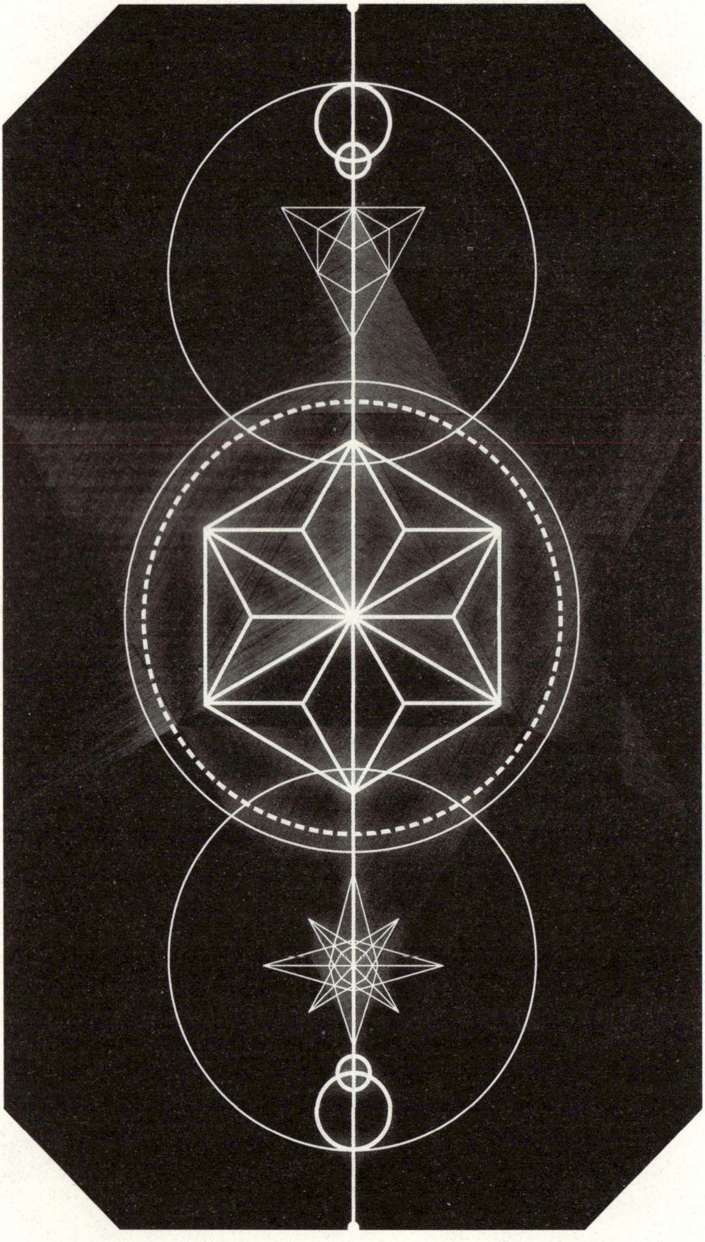

7

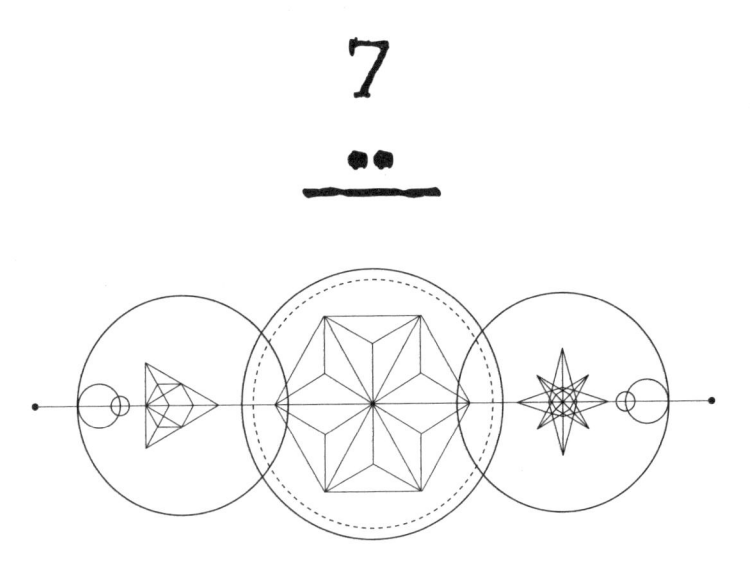

sono de Nur foi agitado: teve um pesadelo com sombras que a perseguiam num labirinto macabro.

Novamente Zaliki teve de acordá-la. Nur vestiu sua túnica vermelha e colocou seu medalhão de triquetra. Agora ela não era mais uma aprendiza em estudo, tornara-se uma aprendiza em iniciação. Não conseguia sequer imaginar a atenção que atrairia na Escola de Magia de Karllyn.

A privilegiada filha de deuses pode tudo, até quebrar as regras, pensou, adivinhando o que as outras aprendizas pensariam dela.

– Adorei sua nova túnica. Bela cor! – comentou Zaliki. Ela estava orgulhosa pela amiga que em breve se tornaria uma sacerdotisa. — Ela lhe cai bem. Você parece poderosa e intimidadora com essa tonalidade viva.

Nur fez uma careta. Ela não queria parecer intimidadora; não queria chamar a atenção. Aquela túnica vermelha seria a única cor quente e vibrante no ambiente monocromático do interior do templo de Karllyn. A paisagem externa não era diferente, o inverno em Maeer deixava o mundo sem cor. O branco da neve e o cinza do céu cobriam tudo. Nur gostava de tempestades, da neve e do mundo monocromático da mandala de Ashter. Ela não queria o vermelho-sangue em sua vida.

Ela estava com receio de entrar no grande refeitório comunal vestindo aquela túnica chamativa. Pensava que todos olhariam para ela com reprovação. Mas não foi o que aconteceu.

O refeitório estava agitado. Notícias alarmantes varriam os dois reinos. Algumas aprendizas notaram a nova túnica de Nur, mas não deram muita importância.

Nur e Zaliki sentaram-se à mesa onde suas amigas já estavam acomodadas, bebendo chá de alecrim, que ajudava na concentração.

Nur olhou ao redor. Olhos assustados por toda parte; o ambiente estava tenso.

Antes que Nur ou Zaliki pudessem perguntar, Maleca já foi informando:

— Está rolando um boato de que estamos sendo invadidos por seres alienígenas.

— Isso não é novidade — disse Nur, desanimada. — Os marcianos estão tentando usurpar o poder dos dois reinos e todos já sabem disso.

CAPÍTULO 7

— Não se trata dos marcianos. Dizem que é uma espécie diferente — disse Maleca, arregalando seus imensos olhos dourados, que se destacavam em sua pele negra bela e perfeita.

— Explique isso direito — pediu Zaliki.

Yara parecia a mais despreocupada. Foi logo explicando, sem a entonação de mistério dada por Maleca:

— Dizem que os marcianos rasgaram o espaço-tempo ao entrar na nossa dimensão, e agora outra espécie alienígena também entrou no nosso mundo pela mesma abertura.

A imagem de uma criatura humanoide, baixa, cinza, com imensos olhos negros, piscou na mente de Nur. Ela balançou a cabeça para que a imagem sumisse.

— O espírito do mar me disse que não se trata de alienígenas. Esses novos invasores somos nós, os humanos de Gaia, num futuro de uma dimensão paralela — informou Safira.

O espírito da água possuía grande sabedoria. Por isso todas acreditaram, em conformidade.

— O que eles querem? — Nur perguntou à Safira. Ela estava irritada. Como se já não bastassem os marcianos, agora tinham mais invasores.

— O mar me disse que os novos invasores precisam do nosso DNA para salvar a espécie deles... alguma coisa assim. Você é uma Transformadora de Destino, Nur, faça algo de útil. Vá agora para o futuro e descubra o que realmente eles querem — pediu Safira com firmeza, sem a intenção de ser grosseira. — E, a propósito, por que você está usando uma túnica vermelha?

Todas na mesa olharam para Nur, que se encolheu tentando desesperadamente desaparecer, o que seria impossível usando uma túnica vermelha num oceano de vestimentas monocromáticas. Nur explicou, sucintamente, sobre a antecipação de sua iniciação. Nenhuma de suas amigas a questionou ou a invejou. Elas confiavam nas escolhas da deusa Karllyn.

Nur não gostava de usar seu poder de viajar no tempo. Suas experiências com tais viagens não tinham sido nada boas. Ela se sentia traumatizada por ter visto tanta destruição e morte no futuro.

– Mais tarde – respondeu, olhando para baixo. – Estou cansada, com sono e morrendo de fome – justificou-se.

Safira encheu uma caneca de cobre com chá, fez uma magia transmutando o líquido em uma poção de bem-estar, que tirava o sono e o cansaço, e a entregou para Nur.

– Tome isto. Vai se sentir melhor – disse.

Nur agradeceu à amiga. Ela realmente precisava de uma boa poção de ânimo.

Durante o dia todo as aprendizas tiveram aula de história do reino das fadas. O assunto sobre as fadas era preocupante, pois elas supostamente estavam desaparecendo. Porém, uma pesquisa mostrava que não eram as fadas que estavam desaparecendo no mundo, mas sim a humanidade que estava perdendo a capacidade de vê-las e de interagir com elas. O DNA humano estava sofrendo modificações provocadas pela mudança eletromagnética de Gaia.

Aquilo era uma evidência clara de que a era de escuridão já havia se iniciado.

CAPÍTULO 7

Nur continuava não aceitando. *Para tudo há uma solução*, pensou decidida. Ela não deixaria que uma era trevosa dominasse sua amada cosmonave Gaia.

O sol estava se pondo por trás das densas nuvens cinzentas. A nevasca era forte. Uma espessa neblina pairava, ameaçadora, através das janelas. Quando a aula acabou, já parecia ser noite, tamanha a escuridão fora do templo.

Maeer parecia mais sombria que de costume. Nur acelerou os passos. Ela já havia aprendido o caminho até a torre de Karllyn. Atravessou uma das passagens secretas que levava até a torre e continuou seu trajeto. Estava com medo do que a aguardava no segundo dia de iniciação. Ela não poderia falhar novamente. Isso seria constrangedor e atrasaria os planos e os preparativos para a batalha que se aproximava. Precisava estar pronta o quanto antes.

Ava e Gyn esperavam por ela no grande salão. Nur aproximou-se das sacerdotisas, sem muita pressa. Ela realmente estava com medo. Não queria entrar na sala de espelhos novamente.

– Seja bem-vinda de volta, Nur – Gyn a cumprimentou, com um sorriso amigável.

Ava nada disse, muito menos sorriu.

– Obrigada.

– Parece desaminada – percebeu Gyn.

– Os boatos – respondeu Nur. – Se o que dizem for verdade, temos mais um problema para resolver, como se já não bastassem os marcianos.

– Receio que os boatos sejam verdadeiros – afirmou Gyn. – Após seu teste de hoje, você irá a uma reunião com o Conselho dos Doze, então saberá o que está de fato acontecendo. Mas, agora, esqueça esse assunto. Precisa se concentrar. Ava será sua tutora hoje. Nós nos veremos amanhã. Boa sorte! – disse, com um sorriso forçado, retirando-se do grande salão a passos largos.

Nur engoliu em seco. Seria uma longa noite.

Sem muitas palavras, Ava pediu para Nur acompanhá-la. Elas saíram da torre e fizeram um longo trajeto até o subsolo do templo de Karllyn.

Ava tirou um molho de chaves do bolso de sua túnica e começou a procurar a chave que queria. No final de um corredor de pedras havia uma imensa porta grossa de madeira entalhada com formas geométricas sagradas; Ava a destrancou com a chave em sua mão. O rangido da porta sendo aberta quebrou o silêncio. Elas entraram no espaço. As luzes, de fóton solar, logo se acenderam, revelando mesas repletas de recipientes para feitiços, caldeirões e varinhas mágicas. Nur teve a esperança de que o teste fosse com varinhas; ela era muito boa nisso. Mas estava enganada.

Passaram direto pelas longas mesas. No final da sala havia uma cadeira de ferro fundido presa ao piso. Tinha grossas algemas para imobilização nos braços e nos pés. Nur sentiu um calafrio percorrer sua espinha.

Ava sentou-se numa cadeira de madeira próxima a uma mesa repleta de livros empoeirados. Nur percebia o movimento de aranhas por toda parte, quase podia ouvir seus passos. As teias transpassavam tudo que podiam naquele lugar. Ela retirou algumas teias de aranha de uma cadeira velha de madeira e sentou-se ao lado da mentora.

CAPÍTULO 7

– Certo. Vamos começar – disse Ava, sem muita vontade. – Soube que ontem você falhou em um teste bem simples. Mas a culpa não foi totalmente sua. Gyn tem o coração muito mole. Vamos retomar o mesmo teste, mas de uma forma diferente. Não há como prosseguirmos na iniciação enquanto você não conhecer suas próprias sombras.

Nur engoliu em seco. Sua vontade era de fugir de lá. Respirou fundo, não podia desistir. Não poderia falhar novamente.

Após uma longa aula teórica, Ava pediu para Nur se sentar na cadeira de ferro. A aprendiza obedeceu receosa. A sacerdotisa prendeu os braços e as pernas de Nur.

– O que vai acontecer? – perguntou Nur, quando já estava presa e era tarde demais para fugir.

– É bem simples. Essa cadeira detecta mentiras. Irei fazer a você algumas perguntas. A cada vez que mentir, levará um choque. Desta forma, seu subconsciente entenderá que precisa revelar a verdade mais profunda de seu ser para protegê-la da morte.

Resumindo: uma cadeira de tortura, pensou Nur, sentindo outro calafrio percorrer sua espinha. Ela não se surpreendeu; torturar uma pessoa parecia mesmo ser o perfil de Ava. De certa forma, estava tranquila, pois era apenas dizer a verdade e ficaria a salvo do choque.

Ava notou que a aprendiza não havia entendido direito como seria o teste.

– Não é a verdade da sua consciência que eu quero. Precisa dizer a verdade que existe no seu inconsciente, a verdade obscura que seu subconsciente esconde de você. Entendeu?

Foi então que Nur se deu conta de que o choque seria inevitável. Ela cerrou os punhos, e num instinto de sobrevivência forçou as algemas. Mas não havia como fugir.

— Ótimo! — disse Ava, satisfeita. — Agora você entendeu — disse, com um sorriso diabólico. — Vamos começar com algumas perguntas simples, apenas para fazer seu subconsciente entender como o jogo funciona.

Ava pegou uma lista de perguntas e fez a primeira:

— Qual o seu maior medo?

Nur se concentrou para buscar no fundo do seu ser aquilo que mais temia. Ela era corajosa, não tinha medo da morte, pois sabia que a morte era apenas uma transformação, e ela gostava de transformações. Lembrou-se de quando viu sua mãe morrendo sufocada com o vapor tóxico da piscina. Aquilo sem dúvida era seu maior medo.

— Meu maior medo... é que minha mãe morra.

O choque veio em seguida da sua resposta. Foi breve, mas doeu como se milhares de facas tivessem sido cravadas no seu corpo. Seu coração estava disparado. Ela arregalou os olhos e olhou assustada para Ava. Sua mentora parecia uma psicopata, inabalável com o sofrimento alheio.

— Você é louca! Vai acabar me matando! — bradou Nur, com o coração disparado.

— Qual o seu maior medo? — Ava repetiu.

Nur fechou os olhos e respirou fundo para que seu coração voltasse a bater numa frequência menor. Ava agia como uma psicopata sádica, poderia realmente lhe

CAPÍTULO 7

matar. Refletiu sobre sua resposta anterior, buscando a razão de estar errada. E então entendeu.
– Meu maior medo... é de ficar sem amor – respondeu. Choque.
– Isso é loucura! – gritou em desespero. – Eu não tenho como saber qual o meu maior medo. Eu não sei. Leve-me para a sala de espelhos. Eu prefiro o outro teste. Acredito que desta vez eu consiga. Por favor! – implorou.
– Não se preocupe. Vou ajudá-la para que seja mais rápido. Entre em estado mental theta – pediu Ava.

Nur obedeceu. Precisava mesmo se acalmar. Aquela era uma boa ideia.
– Agora abra a porta do seu coração. Vou ter que instalar um programa em seu subconsciente.

Nur não confiava em Ava a ponto de abrir-lhe a porta secreta de seu coração. Mas precisava acabar logo com aquilo. Tinha que conseguir. Então, abriu seu chacra cardíaco para que a mentora entrasse.

A sacerdotisa penetrou no campo de Nur e fez o comando: *Se eu esconder a verdade em meu subconsciente, morrerei eletrocutada nesta cadeira.*
– Pronto. Agora vamos tentar novamente. Responda a primeira coisa que vier na cabeça. Tente não pensar, só responda. Qual o seu maior medo?
– Meu maior medo é... – Nur engoliu em seco, travou os dentes, cerrou os punhos e disparou – gostar de ser uma deusa com o poder da magia das trevas.

Ela se surpreendeu tanto com sua resposta que demorou alguns segundos para notar que o choque elétrico não fora disparado. Mas Nur preferia ter levado um choque do que revelar algo tão obscuro em sua alma. Lágrimas de ódio de si mesma ameaçavam lavar seu rosto.

— Pronto, conseguiu o que queria, agora me solte — pediu Nur.

Ava abriu um sorriso mordaz ao dizer:

— Estamos só calibrando a máquina. Ainda nem começamos.

Nur sabia que, se implorasse, dizendo à Ava que desistira de tudo, a mentora a soltaria. Mas então teria novamente falhado, e provavelmente perderia para sempre a chance de se tornar uma sacerdotisa. Não podia desistir. Mergulhou fundo no estado theta e se deixou ser torturada pelas verdades mais duras vindas das profundezas de sua alma, embora soubesse que olhar suas sombras doeria muito mais do que qualquer choque elétrico.

— Quem você mais odeia neste mundo?

— O líder cretino dos marcianos — Nur respondeu, sem pensar. Se pensasse teria dito que Ava era quem ela mais odiava; o que era uma verdade momentânea.

Novamente nenhum choque.

— Por que você odeia o líder dos marcianos?

— Ele manifesta tudo aquilo que eu mais odeio em mim mesma. Ele tem algo que eu cobiço: o poder.

Nenhum choque elétrico.

— Satisfeita? — perguntou Nur, com ironia.

— Quase — disse Ava. — Qual o ganho que você teria com o poder?

— Controle absoluto.

— Qual o ganho que teria com o controle absoluto de tudo e de todos?

CAPÍTULO 7

— Justiça. Preciso controlar o mundo para que haja justiça.
— Quem você conhece que pensa exatamente desta forma?
— Os marcianos.
— Por que eles pensam dessa forma?
— Eles têm medo... Eles acreditam que se perderem o controle irão sofrer... que se perderem o controle a injustiça acontecerá.
— Você tem medo de que não exista uma justiça divina e um equilíbrio perfeito no mundo?
— Sim.
— Ótimo. Terminamos por hoje — disse Ava, animada.

Nur respirou fundo sentindo-se aliviada, como se um imenso peso tivesse sido retirado de suas costas; mas ao mesmo tempo consciente de que muito ainda precisava ser trabalhado. Se deu conta de que não acreditava na justiça e na perfeição da Fonte Criadora, e isso a pegou de surpresa.

Ava soltou os braços e as pernas de Nur. Observou o constrangimento de sua aprendiza.

— Não se sinta constrangida — disse Ava, com certa indiferença. — Todos nós temos sombras terríveis. As suas não são piores nem melhores do que as de ninguém.
— Por que você não gosta de mim? — perguntou Nur.
— Quem disse isso a você? — questionou Ava, irritada.
— A forma como você me trata... não é muito amigável.
— Existem formas diferentes de demonstrar amor. Já deveria saber disso. Eu pedi para ser sua mentora, pois acredito no seu potencial. E se eu não tivesse levado

você ao seu limite, falharia novamente. Pode me ver como uma sombra, se quiser. Não está errado pensar dessa forma. As suas sombras não são suas inimigas, elas existem com um propósito para o Bem maior. Elas vão testá-la a todo momento, levá-la ao limite, até que você escolha não as temer, e então passará a se beneficiar delas. Enquanto não conhecer suas sombras, elas terão controle sobre você, tirando sua liberdade de escolha. Quando tiver consciência absoluta delas, é você quem estará no controle.

– Obrigada... E me desculpe – disse Nur. Ela havia feito um julgamento errado de Ava.

– As sombras não são suas inimigas, mas isso não significa que sejam suas amigas. Assim como eu – concluiu Ava.

Ela poderia ter respondido simplesmente *"de nada"*, mas não podia criar laços de amizade com Nur. Precisava manter a frieza e a distância, pois desafios maiores viriam. Não podia sair de seu papel de mentora.

– Agora volte para a torre de Karllyn – ordenou Ava. – A deusa deve estar lhe aguardando para irem juntas ao Conselho dos Doze.

A noite realmente estava sendo longa. Parecia não ter fim. Nur estava cansada. Exausta, na verdade. Mas seguiu com passos firmes e apressados rumo à torre de Karllyn. Era um longo percurso do subsolo até a torre mais alta do templo.

A grande deusa a aguardava no salão comunal da torre. Usava uma túnica branca imaculada. Sobre

CAPÍTULO 7

seu crânio alongado havia uma coroa de pérolas. Ela irradiava beleza.

A aprendiza aproximou-se da gigante deusa, fez uma reverência em respeito. Então, partiram pelo portal aberto por Karllyn.

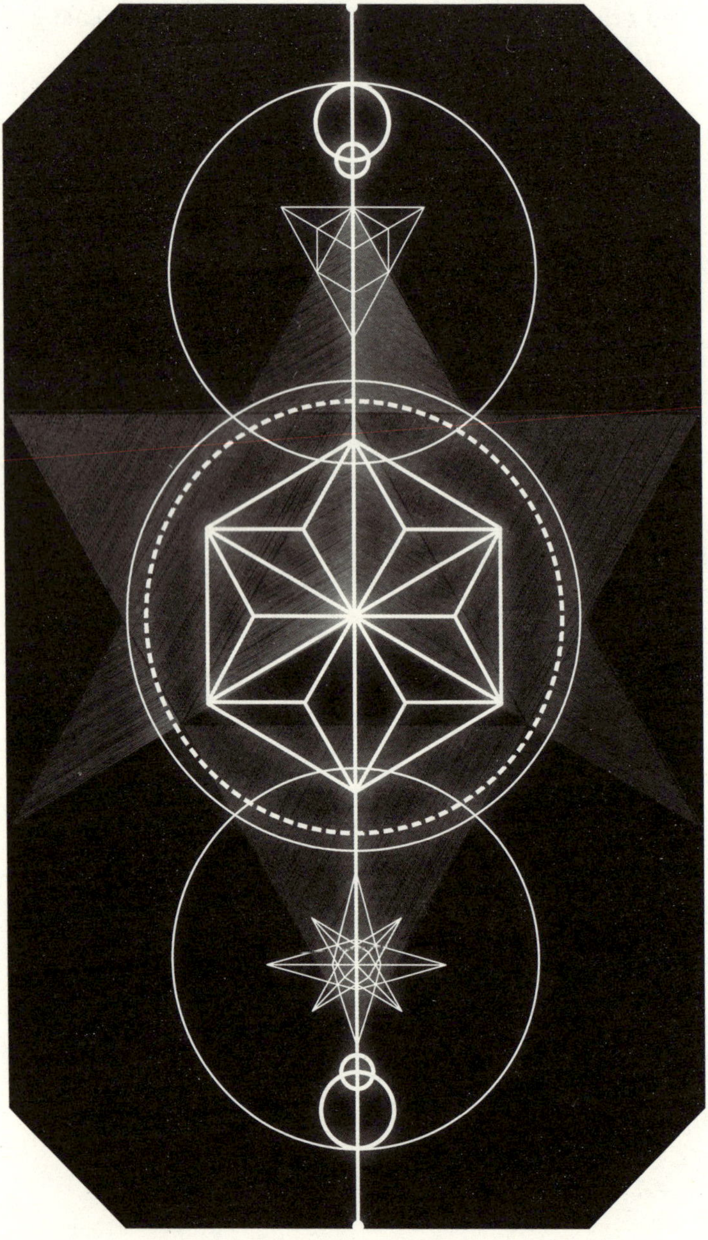

8

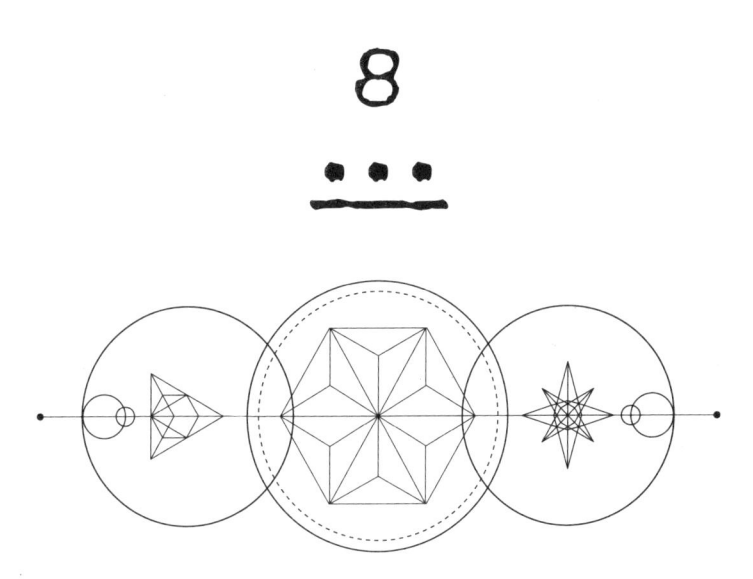

A câmara secreta da grande pirâmide de Caem estava com uma iluminação quente e acolhedora, numa atmosfera mística. Os onze deuses, mais a aprendiza em iniciação, já estavam em seus assentos.

Foi a deusa Mut quem deu início à reunião:

– Namastê, irmãos da Luz. Novos eventos surgiram, ameaçando a vida em Gaia. Os ma-zés se aproveitaram da fissura no espaço-tempo em nosso sistema solar e entraram na nossa dimensão. Eles são os humanos de um futuro distante, de uma realidade paralela; estão aqui porque sua espécie deixou de evoluir e acabou perdendo o corpo emocional. Sua intenção é a de criar híbridos, cruzando sua espécie com os humanos desta era, pois temos o DNA primordial da espécie deles. Obviamente não obtiveram permissão para usar humanos em suas experiências genéticas, ainda mais sem um conselho de ética. Os oportunistas marcianos se aproveitaram dessa discórdia para fazer uma parceria com os ma-zés.

Isis tomou a palavra:

– Os marcianos também firmaram acordo com os magos das trevas. Os magos trevosos estão recrutando um exército de humanos sem dons, os exilados de Capela. A grande guerra está prestes a eclodir. Temos que estar preparados. Essa guerra não será nada fácil, já que agora teremos também que enfrentar os ma-zés.

Nur não entendia como ela não havia visto os ma-zés em suas viagens para o futuro. Percebeu que, por mais que vasculhasse o futuro, sempre deixaria passar algum fato importante.

A deusa Karllyn levantou-se para falar:

– Antes de reelaborarmos nossa estratégia de defesa, precisamos que nossa Transformadora de Destino faça uma nova viagem – disse, voltando-se para Nur. – Vá ao futuro, minha filha, e descubra mais detalhes dos planos dos inimigos – pediu.

Nur respirou fundo e imediatamente entrou em estado theta. Conectou-se com a Lei do Tempo, refinou sua busca, e procurou na mente dos inimigos detalhes importantes que pudesse ter deixado para trás na sua última viagem no tempo.

Sentiu de imediato que os magos das trevas sabiam que ela fazia parte do Conselho dos Doze. No entanto, não conseguiu descobrir se eles tinham conhecimento de seu dom de Transformadora de Destino.

CAPÍTULO 8

O plano inicial dos inimigos era desestabilizar o governo dos dois reinos, destruindo o Conselho dos Doze. Os templos dos onze deuses do conselho seriam atacados. A intenção dos marcianos era matar os deuses e destruir os maiores templos sagrados dos dois reinos, pois eram os lugares que guardavam o poder e as informações sagradas da magia da Luz.

Todas as pessoas que Nur mais amava estavam correndo sério perigo. E seu mundo estava perto de desabar.

Buscou na mente dos inimigos tudo o que pudesse servir para que o conselho impedisse esses ataques.

Quando terminou sua investigação, Nur voltou ao seu corpo físico e contou, com o máximo de detalhes, tudo o que descobriu.

Assim que ela terminou o relato de sua visão, o deus Ámon disse com sua voz firme:

— Talvez devêssemos lutar.

Nur vibrou por dentro. Era tudo o que ela queria: lutar.

Os deuses entreolharam-se. Eles não eram guerreiros, eram seres pacíficos. Lutar ia contra a natureza de um deus de Gaia.

A aprendiza notou que os deuses pareciam discordar de seu pai, Ámon. Ela se levantou, sentindo uma força crescer dentro de si, e disse:

— Vocês não podem fugir! Temos que lutar! — disse, com os punhos cerrados. Tentava controlar o fogo que queimava em seu peito.

A deusa Mut a olhou, com tristeza.

— Não iremos fugir, minha filha. Jamais iremos abandonar nossa amada cosmonave Gaia. Acontece que entrar em uma batalha atacando seria inútil. É inevitável a chegada da Kali-yuga – declarou.

Em seguida, foi a deusa Isis quem falou:

– Exatamente! Kali-yuga será um período inevitável, mas temos como amenizar o sofrimento dos humanos e impedir a destruição completa sem derramar sangue. Podemos perder a guerra, mas ganharemos a paz.

Ámon levantou-se para falar.

– Os anunnakis são grandes guerreiros. Deveríamos aceitar a proposta deles. Precisamos de ajuda e de armamentos tecnológicos.

– Eu não confio nos anunnakis – retornou Isis.

– Nenhum deus dos dois reinos confia neles – interveio Thoth. – No entanto, sem o armamento e a força de combate dos anunnakis, Gaia será destruída antes mesmo da era da escuridão chegar. Quanto a isso não temos escolha, precisamos da ajuda deles.

– E quanto à fissura no espaço-tempo? – perguntou a deusa Laksmi. – Se não a fecharmos, mais seres de outras dimensões poderão adentrar em nossa realidade.

– Já que os anunnakis estão tão dispostos a nos ajudar, deixe que eles resolvam esse assunto – respondeu Ixchel, contrariada. Ela também não confiava nos anunnakis.

Os membros do conselho concordaram com a proposta de Ixchel.

Era raro o arquiteto, deus Ptah, fazer sugestões durante as reuniões do conselho. Mas, desta vez, ele se manifestou:

– Como já havíamos discutido, para que a frequência planetária não caia a ponto de atingir níveis críticos,

CAPÍTULO 8

devemos construir pirâmides e templos em locais estratégicos de Gaia. Já estou elaborando uma arquitetura de construções em locais de vórtex do planeta. Mas creio que também devemos construir um portal dimensional, em caso de emergência. Não podemos correr o risco de ficar presos na Kali-yuga – sugeriu.

Os deuses concordaram com a proposta de Ptah. Tal portal dimensional seria, no futuro, chamado Stonehenge.

– Precisamos desenvolver livros sagrados que instruam a humanidade da era da escuridão no caminho para o fim do sofrimento – disse Saraswati, com sua voz sedosa de compaixão. – Tenho certeza de que o deus Dhanwantari ficaria feliz em nos ajudar neste assunto.

– Excelente ideia – concordou Thoth. – Dhanwantari é o melhor médico que temos em Gaia, e um grande conhecedor dos Vedas.

– Agora vamos elaborar nossa estratégia de defesa para a batalha que está por vir – pediu Thoth. – Segundo Nur, daqui a duas Luas nossos templos serão atacados. Temos que salvar as relíquias sagradas e preparar nossas sacerdotisas e nossos magos. Todos deverão estar alertas para a defesa; inclusive as aprendizas. Precisamos do maior número de dons possível ao nosso lado.

A reunião arrastou-se por toda a madrugada, com votações, decisões, estratégias de defesa e definições para a missão de cada um.

A missão de Nur seria prever ataques do inimigo. O futuro era alterado a todo momento. Ela precisava ficar em alerta permanente.

O sol já começava a nascer em Caem quando Nur e Karllyn atravessaram o portal de volta a Maeer.

Para alívio de Nur, era o dia do plasma radial de Sílio – correspondente ao sábado no calendário gregoriano – e ela poderia finalmente descansar. Dormiu até não aguentar mais. Merecia aquele repouso. Era tarde quando despertou, e Zaliki não estava mais no quarto. Nur pegou seu kit de higiene e foi à piscina natural de águas termais – no subsolo nível quatro – para tomar seu banho.

Diversas garotas se divertiam na piscina. Flores de lótus flutuavam sobre as águas termais. O fundo era revestido de pedras roladas de água-marinha, o que dava um tom azul esverdeado à água da piscina natural. O ambiente era iluminado com piras cujo fogo proporcionava uma luz agradável. Imensas e grossas janelas de vidro permitiam uma bela vista do fundo do mar, já que o subsolo nível quatro estava submerso – às vezes, era possível ver uma arraia ou um tubarão passando por ali. A água do mar era translúcida, numa tonalidade turquesa. Não fosse o frio intenso de Maeer, seria muito atrativo mergulhar no mar daquela ilha paradisíaca; porém, na maior parte do ano nevava, e no verão a temperatura não passava dos dez graus célsius.

O vapor da piscina exalava um aroma de essência de pinho e flor de lótus. Aquela vida era o paraíso para Nur. Ela entrou na piscina, sentou-se em um dos bancos submersos da borda, e ficou observando as meninas brincando, nuas, livres, felizes. Ela não queria que seu mundo fosse destruído. Usaria seu dom de magia das trevas se fosse preciso, mas não deixaria que a escuridão varresse os dois reinos da face de Gaia.

CAPÍTULO 8

O Sílio era o dia de descanso; o único do heptal em que as aprendizas eram liberadas do uso da túnica e podiam escolher as próprias roupas. Após seu banho, Nur colocou um vestido branco de tiras transpassadas na cintura, meias de lã de carneiro acima dos joelhos, botas marrons de inverno e um sobretudo preto com capuz.

Ela gostava de aproveitar os Sílios para andar na vila de Maeer. Amava sentir a neve fresca e leve cair em seu rosto; o ar gélido era um bálsamo de disposição.

Nur saiu animada, para ela o dia estava lindo, com nuvens densas de tempestade e uma neve leve a rodopiar no ar, com a brisa marítima.

Como todo dia de Sílio, o vilarejo estava movimentado. A neve cobria as ruelas de pedras, mas as calçadas mantinham-se livres para o passeio. Os comerciantes removiam a neve das calçadas para que o comércio não fosse prejudicado no inverno. As lojas pareciam convidativas, com suas luzes internas acesas e quentes.

Nur vagava pelo vilarejo olhando as vitrines das lojas, sentindo o aroma fresco de ervas e o gélido ar tocando sua face. O comércio de Maeer servia às necessidades das sacerdotisas e aprendizas do templo de Karllyn. A maioria das lojas vendia utensílios para feitiçarias, como ervas para poções, óleos essenciais, pedras de poder, varinhas mágicas, amuletos e livros.

A aprendiza parou diante da vitrine de uma loja que vendia óleos essenciais. Ela precisava de um óleo de banho, pois o seu estava no fim. Foi em direção à porta para entrar na loja, distraída, ainda olhando para a vitrine, e esbarrou em um mago. Ele usava uma túnica preta e o medalhão da estrela de cinco pontas invertida. Era um mago das trevas. A íris de seus olhos era vermelha, como a dos descendentes de draconianos; uma linhagem muito antiga de Gaia.

O mago encarou Nur com curiosidade, pois a corrente de energia que passou entre os dois foi muito forte. Uma vibração de reconhecimento de dons similares.

Era a primeira vez que Nur via de perto um mago das trevas.

Ele, então, inclinou a cabeça, tentando ler a mente da garota.

Incomodada com o olhar intimidador do mago, ela rapidamente desviou o seu.

— Perdoe minha falta de jeito — disse o mago. — Meu nome é Éberos, estou só de passagem para conhecer esta bela ilha. Não sabia que encontraria aqui uma sacerdotisa da magia das trevas. É um grande prazer, senhorita...

— Nur. Meu nome é Nur. Sou uma aprendiza da Escola de Magia de Karllyn, e não uma sacerdotisa.

Ela parecia hipnotizada pelo magnetismo do olhar do mago. Nur sempre viveu e cresceu entre mulheres. Exceto pelo pai, nunca teve intimidade e qualquer contato com o sexo oposto. Estava desconfortável diante do mago. Ele era encantador e charmoso.

Somente após revelar seu nome, Nur se deu conta do grave erro que havia cometido. Todo o povo dos dois reinos sabia quem era Nur, filha da deusa Mut e do deus Ámon. Obviamente o mago sabia. E certamente devia saber também que ela fazia parte do Conselho dos Doze.

— Fascinante! — exclamou o mago.

— Foi um prazer conhecê-lo, Éberos. Tenha uma boa estadia em Maeer — disse Nur, já se virando para entrar

CAPÍTULO 8

na loja e fugir daquela situação. Mas o mago a segurou pelo braço. Uma corrente elétrica intensa percorreu o corpo de Nur. Ela sentiu arrepios e um indescritível prazer malquisto. Um sentimento dúbio, inusitado.

– Espere. Você não deveria estar estudando na Escola de Magia de Karllyn. Tem um dom precioso e muito poderoso. Um dom que é temido e discriminado em Maeer. Deveria estar estudando no templo de Kali, onde existem mestres capazes de ajudá-la a desenvolver seu poder.

O templo de Kali tinha uma localização oculta nas montanhas do Himalaia, distante dos dois reinos. O único templo de Gaia que se dedicava à formação de magos e feiticeiras das trevas. Enquanto a grande deusa Kali não voltava, seu templo era liderado por Nosferatu, encarnado no mago Druvon, o mais poderoso mago das trevas de Gaia.

Nur tinha plena consciência de quem ela era. Sabia que seria por meio dela que Kali voltaria – a grande deusa pela qual os magos da magia das trevas tanto aguardavam.

– Desculpe, mas o senhor está enganado – retrucou firme, desvencilhando-se das mãos do mago e entrando apressadamente na loja.

O mago ficou observando a jovem garota inocente através da vitrine.

Nur sentia em sua nuca o olhar frio e magnético do mago. Depois de uns minutos, a sensação incômoda de estar sendo observada desapareceu.

– Posso ajudar, minha jovem? – perguntou a vendedora da loja, uma bruxa simpática, de cabelos platinados e olhos violeta.

Nur estava tão tensa que se assustou quando a vendedora lhe ofereceu ajuda.

– Desculpe. Não quis assustá-la – disse a bruxa.

– Não foi culpa sua. Acabei de esbarrar lá fora em um mago das trevas. Sabe como é...

– Sim – anuiu a bruxa, olhando através da vitrine de sua loja, procurando ver o mago –, eles são intimidadores. Tem certeza de que viu um mago das trevas?

– Absoluta.

– Eu vivo em Maeer desde que nasci e foram raríssimas as vezes em que presenciei um mago das trevas por aqui – disse a bruxa, preocupada. – Eles sentem aversão ao poder desta ilha.

Nur comprou seu óleo essencial de banho e voltou a passos largos para o templo.

Seu maior medo – gostar de ser Kali – não saía de sua cabeça. Ainda sentia o toque do mago em seu braço. Constatou que sua Kundalini implorava pelo despertar. Em sua mente surgiu a imagem de Kali, bela e majestosa, sensual e sedutora, reinando em seu templo rodeada de servos, magos e bruxas aos seus pés. Seu coração disparou de desejo. Apoiou as costas na parede de pedra de um dos corredores sombrios do templo de Karllyn. Fechou os olhos e forçou a imagem a desaparecer.

– Finalmente acordou, dorminhoca – disse Zaliki, que surgiu no corredor com as amigas.

– Que cara é essa, Nur? Parece que viu um demônio – comentou Maleca.

– Foi quase isso. Fui ao vilarejo fazer compras e acabei esbarrando num mago das trevas – revelou alarmada.

CAPÍTULO 8

— Tem certeza? — perguntou Safira.

Nur afirmou com a cabeça.

— O que um mago das trevas veio fazer em Maeer? — perguntou Zaliki, tentando entender. — Os magos odeiam a energia desta ilha.

— Ah, droga! — exclamou Yara. — É óbvio que ele veio investigar. E conseguiu mais do que meras informações. Ele conheceu Nur! E vai lá saber quais são os poderes que ele tem! Se ele tiver o poder de ler a mente ou pior... Não quero nem pensar.

Nur fez uma careta. Péssima ideia a de ir ao vilarejo e achar que poderia ter um dia normal de folga. O mundo estava mudando e não haveria mais Sílios de descanso para ela. Sentiu-se imprudente, culpada e idiota. Ela precisava relatar urgentemente o ocorrido a alguma sacerdotisa da alta hierarquia.

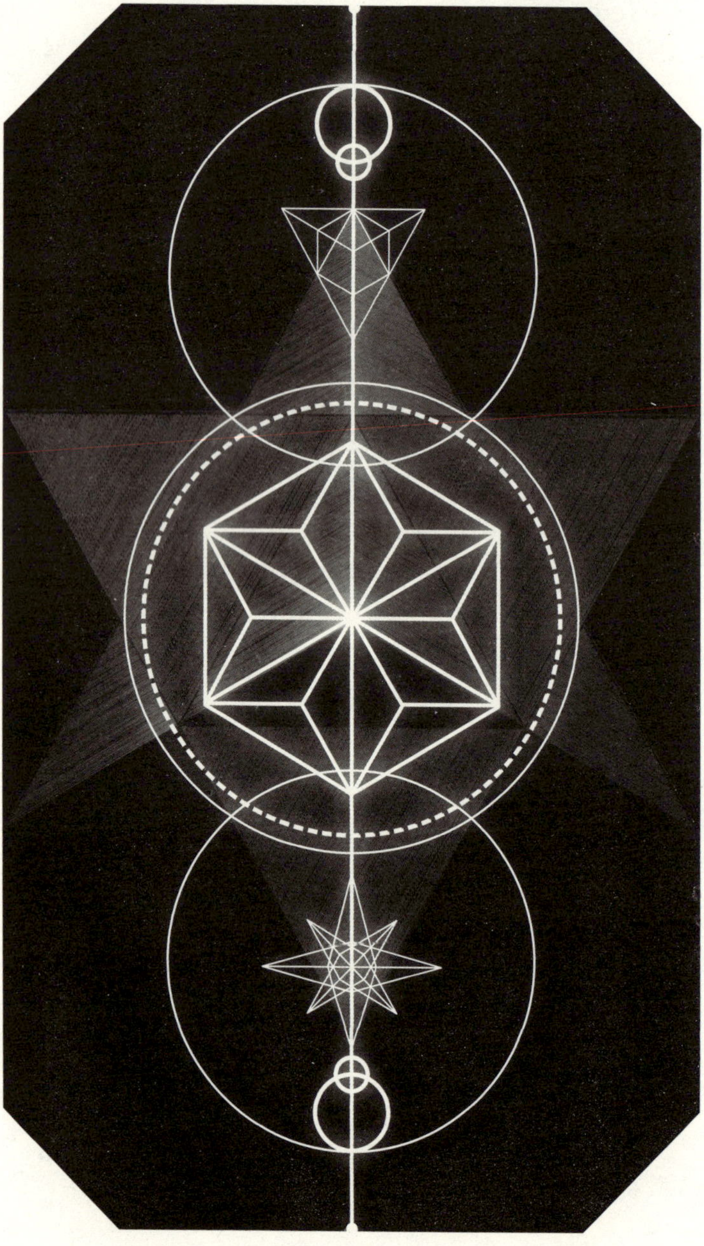

9

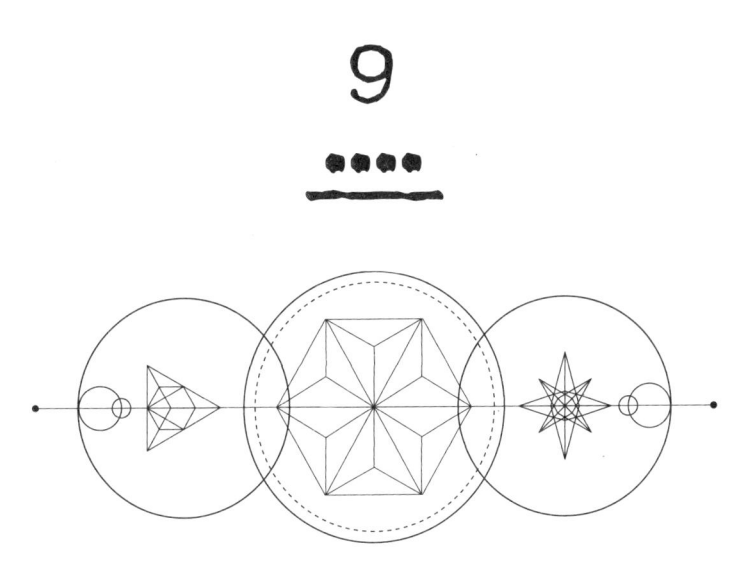

Era o primeiro dia da semana: Dali. O céu amanheceu escuro. Uma forte nevasca caía sobre Maeer. Através das janelas do templo só se via uma mancha branca desabando pesadamente.

As sacerdotisas e aprendizas estavam no refeitório fazendo o desjejum quando um inusitado anúncio foi feito:

Atenção, aprendizas. A grande deusa Karllyn solicita a presença de todas, imediatamente, no grande salão comunal da torre principal da ala leste. Por favor, sigam em fila, de forma organizada, até o local.

O anúncio, feito por magia, foi ouvido dentro da cabeça de todas as aprendizas da escola. Provavelmente fora realizado por uma sacerdotisa de alta hierarquia.

Logo em seguida teve início uma grande agitação no refeitório. Pela primeira vez as aprendizas estariam diante da deusa Karllyn. A maioria estava animada, queria pegar um bom lugar para ver a deusa, então várias saíram apressadas – quase correndo – a caminho do local onde a deusa apareceria para falar com elas.

Nur, Zaliki, Maleca, Safira e Yara foram quase as últimas a seguir para o local. Elas já sabiam que a deusa não teria uma boa notícia.

O grande salão comunal da torre leste estava lotado. Todas as sacerdotisas do templo também estavam ali presentes.

O esplendoroso altar da deusa Karllyn foi preparado para o acontecimento excepcional. Os arabescos em forma de dragões, que contornavam o trono, reluziam uma magnífica cor prateada.

A imensa porta dupla, com cinco metros de altura, finalmente se abriu. As aprendizas se afastaram, dando passagem para a gigante deusa. O silêncio de espanto e admiração varreu o salão. Karllyn entrou, com seu sorriso doce e amoroso, e caminhou de forma leve e elegante até seu altar. As aprendizas faziam reverências enquanto a deusa passava por elas.

Karllyn trajava uma túnica prateada que brilhava com o movimento do tecido. Ela resplandecia, como a beleza da Lua. Seu crânio alongado encontrava-se discretamente coberto por um véu de prata. Em sua testa, uma meia-lua prateada reluzia.

A deusa sentou-se graciosamente em seu trono.

Olhos de surpresa, medo e admiração permaneciam voltados para ela. Por frações de segundo, Karllyn

CAPÍTULO 9

encarou Nur na multidão. Era fácil encontrá-la, mesmo entre tantas pessoas. Ela era um ponto vermelho destacado em um conjunto monocromático. Sua túnica era a única de cor quente no grande salão.

— Minhas amadas filhas. — A voz da deusa era suave e doce, mas alcançava todo o vasto salão comunal, reverberando nas paredes de pedra. — A morte de nosso amado dragão deu início a uma transição planetária. Vocês nasceram nessa transição, pois são as mais corajosas e capacitadas para trabalhar nesse período de mudança. Nossa missão é salvar Gaia, e não deixar que a sabedoria dos grandes deuses desapareça por completo do mundo. A era de Luz entrou em declínio. Uma grande guerra se aproxima. A partir deste momento, as aulas normais estão canceladas.

As aprendizas entreolharam-se assustadas.

— Vocês poderão escolher entre voltar em segurança para suas respectivas famílias ou ficar aqui e se preparar para defender meu templo.

Nur sabia que no seu caso não havia escolha; ela teria que ficar. Ela queria ficar. E lutar.

— Vocês têm até o pôr do sol para decidir. Se escolherem voltar para sua terra natal, partirão amanhã, ao alvorecer, através de portais que eu mesma abrirei para que voltem em segurança para os braços de seus familiares. Quem decidir ficar, amanhã iniciará o treinamento na arte de defesa. Desejo sorte a todas! Para aquelas que decidirem partir, que vão em paz e sem culpa. Para as que escolherem ficar... — a deusa deu uma pausa, parecia não encontrar a palavra certa para expressar o que sentia – obrigada! – concluiu, com visível resignação e dor.

Nur sentiu uma angústia no coração. Aquilo soava como uma despedida. Nada voltaria a ser como antes. Seu mundo estava entrando em colapso.

Escoltada por sacerdotisas, a deusa retirou-se do salão comunal sem olhar para ninguém. Assim que ela se foi e a imensa porta se fechou, o grande salão foi tomado por lágrimas, espanto e tristeza. Aos poucos, as aprendizas foram se retirando do recinto. Muitas seguiram direto para o subsolo do templo, para usarem o *poço de comunicação*; outras saíam caladas, sem rumo.

Nur e suas amigas retiraram-se em silêncio. Havia muito o que pensar e decidir. No caminho para a torre dos dormitórios, Zaliki, que andava na frente, virou nos calcanhares, forçando uma parada.

– Temos que conversar – disse ela, quebrando o silêncio.

– Eu vou voltar para Tynker – adiantou Yara. – Lamento muito pela minha covardia, mas... – deixou a frase morrer.

– Eu vou ficar – disse Maleca, decidida. – Sou filha de Bastet, nasci para lutar. Prefiro morrer lutando a desistir sem nunca ter tentado salvar meu mundo e tudo que amo.

– O espírito do mar me disse que ele irá engolir tudo o que existe. Essa é uma guerra perdida. A era da escuridão vencerá, não há como evitar – disse Safira. – Também partirei. Desejo sorte para as que escolherem ficar.

– Eu não tenho escolha – disse Nur. Ela pegou a mão de Maleca e a apertou. – Também vou ficar e lutar.

CAPÍTULO 9

Zaliki abraçou Nur e Maleca, uma em cada braço, e disse:

– Vocês não irão se livrar de mim tão fácil. Também vou lutar.

As três aprendizas se abraçaram. E ali se formou uma forte irmandade.

O dia de Seli, referente à segunda-feira do calendário gregoriano, amanheceu nebuloso. A nevasca deu uma trégua, mas o dia estava mais frio do que o normal.

Poucas aprendizas conseguiram dormir bem à noite. Todas acordaram cedo, e as despedidas começaram no refeitório, durante o desjejum.

Apenas vinte e dois por cento das aprendizas da Escola de Magia de Karllyn decidiram ficar. A fila das que iriam partir estava imensa.

A despedida foi triste, pois as garotas não sabiam se voltariam a se encontrar novamente.

Yara parecia triste e feliz ao mesmo tempo. Ela não via a hora de voltar para sua família, em Tynker, na Atlântida.

Safira estava preocupada com as amigas que decidiram ficar. Antes de ir, ela tentou convencer Zaliki, Maleca e Nur a partirem também.

– Essa guerra será inútil. Não há como impedir um ciclo da natureza. A era da escuridão varrerá os dois reinos da face de Gaia. Vocês precisam saltar do navio antes que ele afunde – disse Safira.

– Nós sabemos que a era de escuridão é inevitável, Safira – disse Zaliki. – Não iremos lutar contra o inevitável. Nossa luta é para amenizar os estragos que os seres das trevas podem provocar. Gaia corre perigo. Nós lutaremos para que Gaia e todos os seres vivos deste planeta tenham suporte para continuar existindo durante os treze mil anos da Kali-yuga. E para que depois da escuridão nós possamos voltar e criar uma nova realidade de Luz no planeta.

– Sim, nós voltaremos! – disse Maleca, animada. – Voltaremos muito mais fortes e criaremos uma nova realidade de Luz. Mas, para que possamos voltar, Gaia não pode morrer. Se não lutarmos, os magos das trevas e os alienígenas vão acabar matando Gaia e toda a vida que nela existe.

– Deixem que os deuses cuidem dessa questão, de salvar Gaia – pediu Safira. – Isso é trabalho deles. Fujam enquanto há tempo! E fujam para longe dos dois reinos. Tudo será destruído. Eu vi! O espírito da água me mostrou.

– A salvação não está nas mãos dos deuses – disse Nur, sem o mesmo ânimo de Maleca e Zaliki. – Está nas mãos de todos nós. Mas eu entendo sua escolha de partir. Vá em paz, sem culpa. E faça seu melhor aonde quer que vá.

– Obrigada, Nur. Eu farei o meu melhor. Sobreviverei ao apocalipse e não deixarei que a sabedoria da grande deusa morra.

Os estrangeiros foram convidados a se retirar de Maeer. O imenso portão movediço seria selado, fechando a entrada da cidade murada. Ninguém mais poderia entrar ou sair da ilha de Maeer.

CAPÍTULO 9

A grande deusa Karllyn faria um pronunciamento para todos os habitantes da ilha. O local escolhido foi o vasto jardim de inverno de seu templo. Os habitantes de Maeer reuniram-se no jardim, e aguardavam ansiosos pelo pronunciamento da deusa. Karllyn surgiria na sacada mais baixa do templo. Todos olhavam para cima, na direção da sacada, quando os tambores anunciaram a aparição da deusa. O ritmo da percussão sincronizava com a frequência cardíaca de Karllyn.

A deusa estava com sua mais majestosa vestimenta: um volumoso vestido de cores terrosas e sua coroa de bronze e pérolas. Em seus olhos havia um delineado grosso, que destacava sua íris dourada. Todos fizeram reverência à deusa, e os tambores realizaram um final poético. O silêncio era tanto, que se ouvia ao longe as ondas batendo nas muralhas de Maeer. E o discurso, então, teve início:

– Povo de Maeer! Uma grande guerra se aproxima – Karllyn foi direto ao assunto. Parecia apressada, como se não pudesse perder tempo algum. – Os inimigos pretendem tomar o poder dos dois reinos. Temos que nos preparar para os ataques. Apesar de pequena, Maeer é poderosa, guarda em seu seio magias e saberes antigos, de deusas maiores. A queda e o domínio de Maeer arrancariam dos dois reinos a Luz da sabedoria que sustenta a integridade de nossa sociedade lemuryana e atlante. É de suma importância que estejamos preparados para defender Maeer. Ninguém será obrigado a lutar. Mas aqueles que decidirem se unir ao nosso exército de defesa contra as artes das trevas serão recebidos de braços abertos. Que a Luz esteja com vocês!

O povo ficou eufórico, aplaudindo o discurso de Karllyn.

A deusa agradeceu, abençoando Maeer e seu povo. Ela se retirou com elegância e leveza, com um sorriso não muito animador em sua bela face. Uma sacerdotisa de alta hierarquia começou a falar ao povo logo em seguida:

– Atenção todos! Aqueles que quiserem se retirar de Maeer e ir para uma terra mais segura, basta que façam suas malas e se direcionem até o grande portão. Ele será aberto somente uma vez, ao pôr do sol, para a saída dos que desejarem partir. Àqueles que quiserem se unir às nossas forças nesta batalha, as portas do templo estarão abertas para recebê-los. Venham o quanto antes. Contamos com vocês! Obrigada.

Nur, Maleca e Zaliki estavam juntas, abraçadas para se aquecerem.

– Vai ser complicado fazer o treinamento junto com as bruxas – reclamou Zaliki.

– Não reclame, vamos precisar de toda ajuda possível – disse Maleca. – Não vai ser fácil enfrentar os magos das trevas unidos com os alienígenas repletos de alta tecnologia. Nós não temos tecnologia.

– Talvez tenhamos – interrompeu Nur. – É possível que os anunnakis venham nos ajudar.

Zaliki arregalou os olhos:

– Não sei o que é pior, as bruxas ou os anunnakis – disse, com desprezo.

Elas conheciam a história da sociedade da cosmonave Nibiru. Os anunnakis pertenciam a uma sociedade cujo poder masculino predominava sobre o feminino,

CAPÍTULO 9

o que desagradava a sociedade dos dois reinos, onde o poder feminino era predominante.

— Vamos entrar. Hoje será um dia puxado — pediu Nur.

Além do treinamento de defesa, ela ainda tinha a iniciação ao cair da tarde e a conferência com o Conselho dos Doze na madrugada. Já se sentia exausta só de pensar.

Mais de setenta por cento dos habitantes de Maeer escolheram se juntar ao exército de Karllyn. O templo estava lotado e agitado.

A estratégia de defesa foi elaborada. Criaram-se dois grupos. O primeiro reunia aqueles que tinham algum dom de proteção. O segundo grupo era dos estrategistas.

Nur e Maleca ficaram no segundo grupo. Maleca seria espiã. Entraria no corpo de sua gata, Leona, para espionar os inimigos. Nur usaria seu dom de Transformadora de Destino para prever os ataques. Zaliki ficou no primeiro grupo; ela criaria visões ilusórias na mente dos inimigos para confundi-los.

Varinhas mágicas estavam sendo produzidas em larga escala. Um amplo laboratório foi montado para a criação de poções mágicas de defesa e força.

Ao cair do dia, apesar de exausta, Nur dirigiu-se à torre de Karllyn para continuar seu processo de iniciação. Gyn e Ava já estavam à sua espera.

Nur sentiu que suas mentoras estavam tensas. Alguma coisa havia mudado. Gyn foi direto ao assunto:

— Teremos que mudar o foco de sua iniciação, Nur. A princípio estávamos preparando você para se tornar uma sacerdotisa. Porém, Karllyn nos orientou a prepará-la para se tornar uma deusa... – ela pigarreou, desconfortável – uma deusa das trevas.

— Não! Eu estou do lado da Luz, jamais irei me unir aos seres das trevas – disse, contrariada e com medo.

— Você não deixará de lutar do nosso lado. Usará o poder da magia das trevas em benefício da Luz! – exclamou Ava.

— Precisamos explorar os seus poderes, querida – disse Gyn. – Lamento, mas precisamos do máximo de ajuda possível.

Nur estava com medo de perder o controle da magia das trevas. Sabia o quão fascinante poderia ser um poder ilimitado. Mas, ao mesmo tempo, estava entusiasmada em se tornar uma deusa. Esse era o sonho de toda sacerdotisa. Era a hierarquia mais alta que existia. Menos de um por cento das sacerdotisas e dos magos conseguiu se tornar uma divindade. E Nur seria um caso excepcional; pularia o estágio de sacerdotisa.

— Se você controlar a sede pelo poder, terá o domínio absoluto de seu dom da magia das trevas – disse Ava, lendo a preocupação nos olhos de Nur.

— Magia das trevas, como o próprio nome diz, não favorece as trevas? – perguntou Nur. Ela estava confusa.

— Magia das trevas são poderosas magias que não seguem as regras éticas e morais da Luz. Na magia das trevas vale tudo. Por isso, ela vai muito além do que possamos imaginar.

CAPÍTULO 9

— E vocês querem que eu desrespeite a lei do amor, que eu seja imoral? — perguntou Nur, sem querer criticar. Estava apenas tentando entender.

— De forma alguma! — disse Gyn. — Quer dizer... é complicado.

— Se você se tornar uma deusa das trevas, irá conhecer todas as armas das trevas. Algumas vezes, a magia da Luz não é capaz de derrotar a magia trevosa, pois esbarra na lei do amor. Porém, como deusa das trevas, você poderá lutar de igual para igual com os seres trevosos. Quando realmente necessário, poderá desrespeitar algumas regras, se isso for para o bem maior — disse Ava. — O problema é que não somos capacitadas para ajudá-la a desenvolver seus poderes na magia das trevas. Você terá que estudar sozinha — explicou Ava. — Aqui no templo de Karllyn há um livro sobre magia das trevas com o qual você poderá aprender tudo o que precisa para sua iniciação. Ele fica guardado a sete chaves no subsolo mais profundo do templo. Terá que estudar lá, pois o livro não pode sair de dentro da câmara de proteção. E ficará sozinha. Uma sacerdotisa da Luz pode adoecer gravemente perante o livro das trevas.

— Tudo bem — respondeu Nur resignada. Ela faria o que fosse preciso pela vitória da Luz.

Gyn e Ava entreolharam-se preocupadas. Elas pareciam relutantes em direcionar Nur para o estudo da magia das trevas. Gyn achou melhor dar um alerta inicial à aprendiza:

— A iniciação para o estudo da magia das trevas não será fácil, minha querida. Eu lamento – disse com um olhar compassivo.

Nur engoliu em seco. *Pior do que ser torturada com choques elétricos?* – pensou, sentindo um frio no estômago.

Ela não fazia nem ideia do que a aguardava.

10

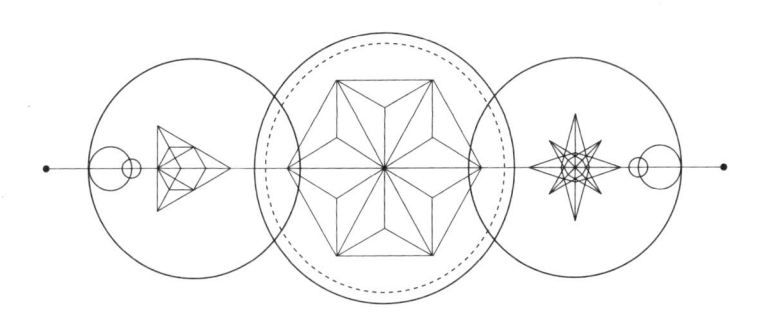

O subsolo mais profundo do templo de Karllyn era úmido e escuro. O espaço era amplo, mas repleto de corredores; um labirinto perigoso com diversas câmaras secretas que só eram abertas a sete chaves.

Diante de uma das câmaras, Gyn destrancou a volumosa porta com sete chaves diferentes. Ava teve que ajudá-la a empurrar para abrir; a porta parecia ser muito pesada. Elas entraram no extenso recinto, cuja iluminação era escassa, produzida por tochas de fogo que formavam sombras sinistras nas paredes cobertas de mofo. Bem no centro do ambiente jazia um enorme tanque de água caliginosa.

Gyn sentiu um arrepio de medo ao olhar a umbrosa água do tanque, pois sabia o que havia no fundo daquele grande reservatório.

– Aqui estamos – disse Ava, quebrando o silêncio. – Este é o *poço dos demônios*, onde fará sua iniciação para a magia das trevas – explicou. Ela tinha sérias dúvidas quanto à coragem de Nur para passar por aquela iniciação.

Gyn virou-se para falar com Nur olhando em seus olhos:

– Devo alertá-la de que existe uma chance, e não é muito pequena, de que você não saia viva desta iniciação. Você tem a escolha de não passar por isso. Você pode escolher não ser iniciada na magia das trevas – concluiu.

Nur arregalou os olhos. Aquilo parecia loucura.

– Se os demônios acreditarem que você merece ser uma deusa das trevas, eles pouparão a sua vida – disse Ava. – Então não tema, pois já sabemos que você é o avatar da deusa Kali.

– Sim. Porém não basta ter o dom, precisa provar que merece – alertou Gyn.

– Como? – perguntou Nur. Ela estava com medo.

– Não sabemos, minha querida – lamentou Gyn, com olhos de empatia. – Nós nunca passamos por uma iniciação como esta. Tudo que sabemos é que você precisa mergulhar neste *poço dos demônios* para a iniciação na magia das trevas. O poço é bem profundo e, no final, há uma caverna. Precisa passar por ela até alcançar o outro lado. Então é só subir, e acabou.

Nur sabia que não seria fácil, mas ela era uma excelente mergulhadora, tinha bom fôlego. Quando

CAPÍTULO 10

criança, passava a maior parte dos dias mergulhando na piscina de águas termais do templo de Mut. Aquilo lhe trazia paz, parecia remetê-la ao útero de sua mãe, um lugar de proteção e alegria. Apesar de a água daquele poço ser escura e sombria, ela não teria dificuldade.

— Porém — retornou Ava, tirando Nur do devaneio nostálgico de sua infância —, você mergulhará na completa escuridão. Nada poderá ver. Terá que usar outros sentidos para se guiar. E a caverna tem uma bifurcação: um caminho é sem saída, o outro será sua salvação. E o principal que precisa saber é que nessa caverna existem demônios vorazes.

Aquilo mudava tudo. Os demônios e a bifurcação faziam toda diferença.

— Não sei se estou preparada — confessou Nur.

— Oh, não, minha querida. É claro que você não está preparada — disse Gyn, numa tentativa de apaziguar o medo que visivelmente abatia Nur. — Primeiro irá estudar a arte da magia das trevas. Só depois de conhecê-la bem e sentir que está pronta é que virá aqui mergulhar no *poço dos demônios* para obter seu despertar como deusa. Só estamos lhe apresentando o poço. Vamos entregar a você as sete chaves que guardam este local, para que volte aqui quando sentir que chegou a hora de seu despertar.

— É importante trancar a porta com as sete chaves quando sair. Jamais se esqueça disso. Esta câmara é uma caixa de Pandora — disse Ava. — Agora, vamos sair daqui.

Ava e Gyn saíram com pressa. Elas sentiam repugnância pelo cheiro da água e pela frequência baixa daquele local.

Nur foi a última a sair. Ela não se sentia afetada pela baixa frequência. Olhou para trás, para ver o poço mais uma vez. Não fosse pelos demônios, ela teria coragem.

A chama das tochas se apagou tão logo as três saíram da câmara secreta do *poço dos demônios*. Ava trancou a porta cuidadosamente e entregou o molho de chaves para Nur. A tutora parecia aliviada ao se livrar daquelas chaves.

– Guarde-as no bolso interno de sua túnica. Sempre as carregue com você. Não as perca! – alertou Ava.

– Agora vamos descer a escadaria – disse Gyn, apontando na direção de um corredor estreito e lúgubre.

– Descer? Pensei que este fosse o nível mais profundo – questionou Nur.

– Quando falamos de magia das trevas, não existe limite de profundidade – disse Ava. – Sempre haverá um lugar pior.

Elas mergulharam no breu do corredor. Nur seguia os sons dos passos das sacerdotisas. Após uma longa caminhada, uma tocha de chama vermelha se acendeu timidamente, resistindo a alguma força do além que tentava apagá-la. A luz cálida revelou uma escadaria larga de pedras. De cada lado havia uma escultura de um humanoide com cabeça de bode e enormes chifres. Na testa da besta estava talhada a estrela de cinco pontas invertida. As paredes de pedra eram cinzeladas com a suástica invertida.

Nur observou que Gyn estava com as mãos trêmulas e os olhos arregalados. Parecia querer sair correndo daquele lugar.

CAPÍTULO 10

A repugnância de Ava por aquela vibração demoníaca era tão intensa quanto a de Gyn. No entanto, Nur não sentia medo, só estava curiosa, e até um pouco animada. Sempre gostou de um bom mistério.

Gyn e Ava pararam diante da escadaria.

— A partir deste ponto terá que ir sozinha. Eu e Gyn não temos permissão para descer, pois fizemos votos de fidelidade e trabalho exclusivo pela Luz. Desejo sorte — disse Ava, e logo se despediu, numa necessidade urgente de sair daquele local.

— O que devo fazer lá embaixo? — perguntou Nur.

— O li... livro — Gyn gaguejou. O medo estava lhe dominando, roubando sua fala. Ela pigarreou, endireitou a postura e continuou mais firme: — Procure o livro *Arte da magia da trevas*. — Ela preferiu ser sucinta, para que sua voz não falhasse novamente.

— Tudo bem. Obrigada por me acompanharem até aqui. Em breve nos veremos — disse Nur. Ela começou a descer as escadas. Pequenas tochas foram se acendendo em seu percurso.

Gyn olhou assustada para Ava, que a encarou de volta com as sobrancelhas unidas de pavor. Elas estavam surpresas com a coragem de Nur. Imediatamente deram as costas e foram embora correndo. Sentiam desespero para sair logo daquele local.

Nur desceu a escadaria sem hesitar. Ao final, luzes vermelhas se acenderam. Ela estava diante de um largo corredor. Ouvia sons de goteiras e sussurros de desespero e dor. O lugar, nitidamente, não era visitado havia séculos. Aranhas e insetos rastejantes, como lacraias e baratas, fizeram do lugar sua moradia. As paredes de pedra estavam cobertas de limo e mofo preto. A iluminação vermelha escassa só deixava o lugar mais sombrio.

Ao longo do corredor, esculturas demoníacas pareciam vigiar os passos de Nur, mas ela não estava com medo, e sim curiosa. Na verdade, ela estava se divertindo.

No final do corredor, encontrou uma imensa porta de aço arredondada, muito grossa, cravejada com figuras de demônios. Estava fechada; não havia fechadura. Nur forçou a porta para tentar abri-la, estava trancada. Observou a porta, procurou a maçaneta ou algum mecanismo para abertura, mas não encontrou. Seguramente, o livro estava dentro daquela câmara. Ela não sabia como acessar o espaço. Com certeza Ava e Gyn também não saberiam.

Nur, então, teve uma ideia. Ela havia aprendido nas aulas de magia que alguns portais eram abertos somente com chave ritualística, de cantos sagrados, contendo a combinação de frequências corretas. Possivelmente aquela porta era como um portal, e só poderia ser aberta com um cântico mágico. Precisava tentar.

Entrou em estado mental theta, conectou-se com a Lei do Som e solicitou aos guardiões do portal o canto mágico para abrir a câmara. Nur não tinha certeza se os guardiões daquela câmara lhe dariam a chave, mas não custava nada tentar. De certa forma, ela torcia para que eles não permitissem que ela tivesse acesso

CAPÍTULO 10

à chave, pois queria se livrar daquele destino obscuro que a aguardava.

Uma leve brisa elíptica, com cheiro de enxofre, tirou seu capuz da cabeça. Ela ouviu os sussurros de lamento se intensificarem. Então, sentiu o canto mágico penetrar sua mente. Com naturalidade, ressoou o canto e ficou arrepiada com o poder daquela ressonância.

A porta começou a se abrir com um rangido metálico incômodo aos ouvidos. O interior da câmara parecia estar no vácuo, pois uma forte rajada de vento entrou no ambiente, empurrando Nur para dentro. Ela caiu de joelhos e apoiou as mãos no chão de granito preto. Diferentemente do corredor, a câmara estava limpa e organizada e bela de maneira impecável. As paredes eram revestidas de uma pedra preta, brilhante e lisa. Magnífica! A iluminação era escassa, havia um único ponto de luz, focado pontualmente no imenso livro. Ele mantinha-se bem no centro da câmara, iluminando o ambiente.

Nur aproximou-se do livro, e a porta se fechou num baque ensurdecedor, cerrando a entrada.

Ela olhou sobressaltada para trás, mas seu susto foi provocado pelo barulho, e não pelo fato de se sentir presa numa câmara secreta das trevas. Ela possuía a chave de abertura em sua mente.

O livro estava fechado. Ela observou a bela capa, feita de couro de dragão negro, com um medalhão da estrela de cinco pontas invertida cravejado em bronze envelhecido. Leu o título: *Arte da magia das trevas*.

Nur tentou abri-lo, mas não conseguiu. Novamente teve que entrar em estado mental theta, e pedir pela chave de abertura do livro.

O canto ressoou sombrio e mórbido em sua mente. O livro abriu sozinho, numa página que tinha como título "Caos no equilíbrio das polaridades".

Curiosa, Nur começou a ler o texto. Ela estava surpresa com o conteúdo. Imaginava que fosse aprender a fazer magias obscuras e tenebrosas, mas, em vez disso, o livro ensinava sobre os ciclos universais e a importância das trevas na geração do caos que levava à ordem. Sombra e Luz, ambas eram fundamentais para que houvesse o equilíbrio no universo.

Ela manteve-se compenetrada no estudo; era complexo e muito interessante. Aprendia que tudo tinha um propósito divino de ser, e que cada ser representava um papel na ilusória realidade que a mente arquitetava para experimentar todas as possibilidades de criação.

Entendeu a razão de o livro querer começar a instrui-la com aquela lição. Ela precisava compreender que representar o papel da deusa Kali seria fundamental para mover a roda cíclica do universo; a roda da vida e da morte.

Ela não conseguia parar de ler. Sentia-se extasiada com aquele estudo. O final do texto a impactou:

Lúcifer não é um ser, mas toda uma egrégora de iluminados seres que aceitaram o sacrifício de representar o papel das trevas para mover os ciclos galácticos.

CAPÍTULO 10

Quando o último dragão de Gaia morrer, nascerá Kali, filha de Lúcifer, a nova representante das trevas. Uma poderosa deusa que fará o chão tremer, gerando um avassalador pânico como a humanidade jamais viu.

Ao ler o último parágrafo, Nur perdeu o fôlego. O livro estava falando dela, com ela.

Kali, filha de Lúcifer! – pensou, pasma com a verdade. Ela se afastou do livro, e ele se fechou.

Sentiu que aquele estudo já bastava para um dia. Não conseguiria mais prestar atenção na leitura depois da informação assombrosa de que Kali era filha de Lúcifer.

Só então se deu conta de que havia se passado muito tempo desde que ela entrara naquela câmara de estudo. Karllyn já a aguardava na torre mais alta do templo para irem juntas ao encontro do Conselho dos Doze. Nur estava atrasada.

Ela deixou a câmara e apressou os passos. Era uma longa jornada do subsolo mais profundo até a torre mais alta. Mesmo andando depressa, o trajeto levaria quase trinta minutos.

Quando chegou à torre mais alta, estava ofegante e com o coração disparado. Entrou cambaleando no grande salão, onde a deusa já lhe aguardava.

Karllyn a olhou com amorosidade.

Deixar uma deusa esperando era uma falta de respeito sem precedentes. A aprendiza se desculpou de joelhos, mas a deusa realmente não se sentia ofendida.

Sem delongas, Karllyn abriu o portal e as duas partiram.

Dez deuses as aguardavam, pacientemente, e nenhum deles comentou o atraso.

Karllyn tomou a iniciativa, dando início à reunião do Conselho dos Doze.

– Peço que nos perdoem pelo atraso. Devo avisá-los que senti que deveria orientar minha aprendiza, Nur, a estudar a magia das trevas – disse Karllyn.

Os deuses entreolharam-se, perplexos. Ámon parecia desapontado. Mut já sabia que aquilo iria acontecer mais cedo ou mais tarde.

Nenhum deles pareceu satisfeito com o fato de uma aprendiza de magia das trevas estar fazendo parte do Conselho dos Doze. No entanto, os deuses tinham consciência de que precisavam tê-la ao seu lado. Aquela era a melhor estratégia – a carta na manga –, que garantiria uma vitória à natureza de Gaia.

Thoth, portador de um dom nato de liderança, tomou a palavra logo em seguida:

– Fez o certo, Karllyn. Precisamos de Kali do nosso lado – concluiu, e logo mudou de assunto: – Os anunnakis já estão na órbita de Gaia, aguardando por mais informações referentes à batalha. Nur, agora que já tomamos decisões que certamente transformaram nosso destino, preciso que vá imediatamente ao futuro, no dia dos ataques simultâneos aos templos, e veja o que irá acontecer. Dessa forma poderemos reajustar nossos planos conforme o necessário.

A garota estava cansada. O estudo da magia das trevas fora exaustivo. Mas ela respirou profundamente, uniu todas as suas forças, e fez o que Thoth pediu. Conectou-se com a Lei do Tempo e partiu para o futuro.

CAPÍTULO 10

Chegou momentos depois do início dos ataques aos templos. Dois deles já haviam sido destruídos; e eram justamente os de seus pais: deusa Mut e deus Ámon. Nur esforçou-se para manter o controle emocional, não podia perder sua conexão com o tempo.

– O que provocou esta mudança? – perguntou à Lei do Tempo.

Seu corpo astral fez um novo desdobramento no tempo e Nur foi levada de volta à câmara onde esteve estudando o livro *Arte da magia das trevas*. Ficou confusa. Ela não conseguia entender.

– Por que somente os templos de meus pais foram atacados? – perguntou à Lei do Tempo. Fechou os olhos para melhor se concentrar. Quando voltou a abri-los, estava no mesmo lugar, diante do livro das trevas. Ela precisava entender a razão pela qual estudar magia das trevas fez com que os templos de seus pais fossem atacados. Mas não sabia o que perguntar, nem por onde começar.

Ela tinha que ir mais fundo para descobrir o que havia acontecido. Concentrou-se para penetrar na mente do inimigo que estava por trás da destruição dos templos de seus pais. Quando abriu os olhos, estava no templo de Kali. Era o mais belo que já havia visto. Sombrio e misterioso, exatamente como adorava.

Encontrava-se numa vasta sala, bem aconchegante, com luzes plasmáticas amareladas, piso e paredes revestidos de mármore preto. Esculturas demoníacas, de ouro, ornavam o ambiente. Um confortável sofá, na cor bordô, era o ponto principal do recinto. Éberos estava lá, sentado confortavelmente, bebendo vinho numa taça de cobre.

Nur aproximou-se. Éberos encarou-a. Ele conseguia vê-la. Ela alarmou-se, deu um passo para trás ao notar que ele sabia de sua presença.

Éberos gargalhou e disse:

– Não tenha medo, minha jovem. Estava lhe esperando.

– Você consegue me ver? – perguntou, retoricamente.

– Sente-se comigo, temos muito o que conversar.

– Não, obrigada. Prefiro ficar em pé.

Ela estava no corpo astral, não fazia sentido se sentar.

– Como queira – disse o mago, ajeitando-se confortavelmente e tomando um gole de vinho. – Eu não gosto de enrolação, e creio que você queira se livrar logo desta situação, então irei direto ao assunto. Nós sabemos que você é uma Transformadora de Destino.

Nur não disse nada, mas sua expressão denunciou certa culpa. Ela foi imprudente quando cruzou com Éberos em Maeer.

– Não se culpe. Quando fui a Maeer investigar a situação, por sorte do destino eu esbarrei em você. É óbvio que me senti incumbido de descobrir mais sobre a filha da poderosa deusa Mut. Não foi nada difícil, confesso. Não faz ideia de como você é popular naquela minúscula ilha precária. Todos sabiam quem você era. Não demorou para eu encontrar uma bruxa gananciosa que aceitou me contar tudo o que sabia em troca de alguns organites. – Ele levantou sua taça de vinho, como se estivesse propondo um brinde em comemoração à própria sorte.

CAPÍTULO 10

Matilda! – pensou Nur. *Bem que Zaliki me disse para não confiar em uma bruxa.*
– Você deixou a guerra muito mais interessante – continuou Éberos. – Seria tedioso, de tão fácil, se não houvesse você viajando no tempo para prever nossos ataques. Ainda bem que temos magos muito talentosos do nosso lado. Eu mesmo sou um deles. Mas não é por isso que interceptei sua viagem.
– Você interceptou minha viagem? – perguntou Nur. – Como? Disse que seria breve – completou, fingindo certo tédio, tentando não revelar sua perplexidade.
– Estou sendo. Enfim, quando você abriu o livro das trevas, isso nos deixou muito felizes.
– O fato de eu estar estudando a magia das trevas não me fará mudar de lado. Isso não vai acontecer. Não vejo qual a relevância nesse fato – disse Nur.
– O estudo irá abrir seus olhos. E, por vontade própria, você se juntará a nós. Sei disso, pois seu eu do futuro já está aqui neste templo, dormindo em seu luxuoso quarto. Se duvida, posso levá-la até lá, para que você possa se ver dormindo confortavelmente, no amparo do templo de Kali. Enfim, só interceptei sua viagem para informar que estaremos de braços abertos para recebê-la, e também para mostrar que eu posso interceptar suas viagens no futuro.
Nur não precisava de provas. Sentia no seu íntimo que ele dizia a verdade. Apesar de julgar impossível. Ela jamais mudaria de lado.
Éberos levantou-se. Aproximou-se de Nur, olhando profundamente em seus olhos.

— Eu sei como interceptar sua viagem astral na linha do tempo. Como já disse, sou um mago poderoso. Irei vigiar seus passos, dia e noite. Para onde você for, lá estarei, sempre um passo à frente. Sei que em breve voltaremos a nos encontrar — disse Éberos.

— Você está enganado com relação a mim — foi tudo que Nur conseguiu dizer. Ela não suportava mais ficar diante daquele impiedoso ser das trevas. Imediatamente voltou ao seu corpo físico, na pirâmide de Caem.

Nur abriu os olhos e saltou da cadeira, em pânico. Seu coração estava palpitando. Os deuses a olharam alarmados. Ela nem sabia por onde começar.

— Lamento, mas tenho más notícias — disse Nur, com urgência. — Eles sabem que sou uma Transformadora de Destino. Conseguem interceptar minhas viagens. Um mago chamado Éberos me levou até ele. Não sei como... Eu não consegui descobrir muita coisa. Vi os templos de meus pais destruídos. Lamento muito — murmurou, sentindo-se inútil e culpada. Voltou a se sentar. Ficou envergonhada demais para revelar que seu eu do futuro estava no templo de Kali.

— Está tudo bem — disse a deusa Mut —, você não tem culpa, minha filha; Éberos é um mago muito poderoso. E não se preocupe, iremos fortalecer a segurança de nossos templos.

— Os ataques aos templos irão ocorrer em menos de uma Lua — informou Nur.

Os deuses entreolharam-se aflitos. Precisavam agir rápido.

CAPÍTULO 10

– Temos que mudar nossos planos – informou a deusa Isis. – Está mais do que claro que as trevas tomarão o poder dos dois reinos muito antes do que imaginávamos.

Os deuses decidiram que não perderiam tempo tentando salvar seus templos, apenas se concentrariam em salvar os humanos. Salvá-los da própria ignorância.

Os anunnakis ficariam responsáveis pela coleta de materiais genéticos de todas as espécies existentes em Gaia. Caso tudo fosse destruído no apocalipse, os preciosos materiais estariam guardados em uma arca. Também ajudariam a desenvolver uma nova raça humana, com uma genética apropriada para um mundo mais hostil, na Kali-yuga. Em troca de seus serviços, poderiam levar todo o ouro existente nos dois reinos, além do que encontrassem nas terras que lhes foram prometidas: a futura Suméria e a Babilônia.

O deus Ámon ficaria responsável pelas pirâmides e pelos templos ao longo do rio Nilo. O rio ajudaria no fornecimento de alimento quando a terra de Khem se tornasse desértica, após o apocalipse. Tais pirâmides manteriam a ressonância Schumann de Gaia acima de uma frequência letal, ajudando a natureza planetária a sobreviver durante a tecnosfera criada na Kali-yuga.

O Conselho dos Doze também decidiu pedir ajuda aos maias galácticos. Os maias deixariam de herança para a humanidade, na Kali-yuga, os sagrados códigos da Lei do Tempo.

O deus Dhanwantari aceitou o pedido de ajuda do Conselho dos Doze. Dhanwantari deixaria de herança para a humanidade o conhecimento da ciência da vida: os Vedas. Tais escrituras sagradas ajudariam os humanos mergulhados na ignorância e no sofrimento a encontrar sua luz interior, guiando-os na escuridão.

A deusa Mut iria para Khem para guiar e orientar os filhos da escuridão, até que fossem capazes de viver por conta própria, sem a ajuda dos deuses.

Todos os demais deuses do Conselho dos Doze receberam missões.

Nur não foi mencionada, e não recebeu nenhuma missão do conselho.

— E quanto a mim? — Nur perguntou, timidamente. Ela ainda era contra fugir sem lutar, estava indignada com aquela decisão dos deuses. Tentava controlar a raiva e a contrariedade diante da resiliência deles.

— Eu que lhe pergunto — disse Thoth —, e quanto a você? Seja lá o que decidir fazer, terá Karllyn como sua mentora e protetora. Ela estará com você, e será o seu portal para ir e vir aonde quiser. O que você irá fazer ou deixar de fazer, a partir de agora, é decisão sua. Teremos que nos separar. A partir de hoje, você está fora do Conselho dos Doze. Isso será o melhor para todos. Não leve isso para o lado pessoal, você não fez nada de errado — disse Thoth, olhando para Nur. — Tem que ser desta forma.

Nur não se sentia ofendida, mas aliviada. Poderia ficar livre para elaborar sua própria estratégia, e teria a deusa Karllyn como orientadora. Estava decidida a fazer aquilo que julgava ser o certo. Lutaria para defender seu mundo. Iria proteger o templo de Karllyn com toda sua força. Não deixaria o inimigo destruir Maeer, a ilha sagrada de sua deusa.

CAPÍTULO 10

Nur e Karllyn partiram de volta a Maeer através do portal.

Quando entraram no grande salão da torre de Karllyn, a deusa adiantou-se, dizendo:

— Imagino que você vá querer lutar. Não faço nenhuma objeção numa luta de defesa — disse um pouco desanimada. — Contudo, não irei orientá-la em ataques. Você está livre para fazer o que julgar necessário, pequena aprendiza. Eu estarei aqui se precisar de ajuda na questão de defesa e abertura de portais.

Karllyn parecia cansada. Mas, na verdade, a deusa antecipava seu luto pelo fim da era de Luz, em Gaia.

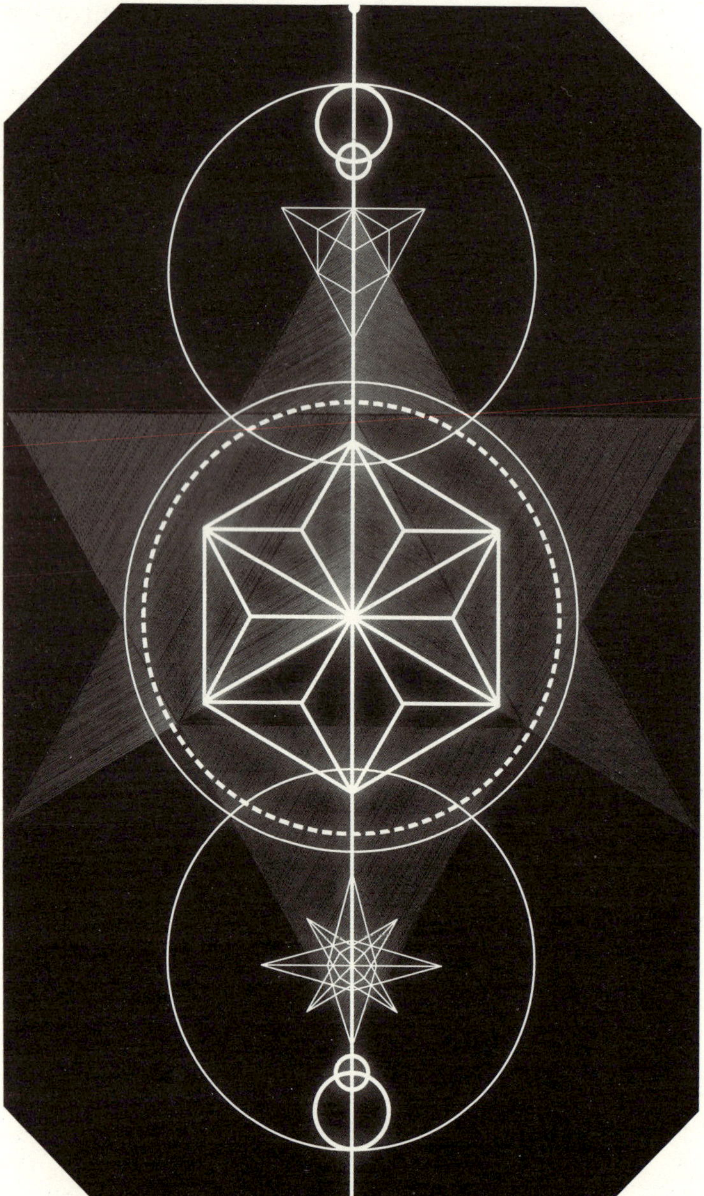

11

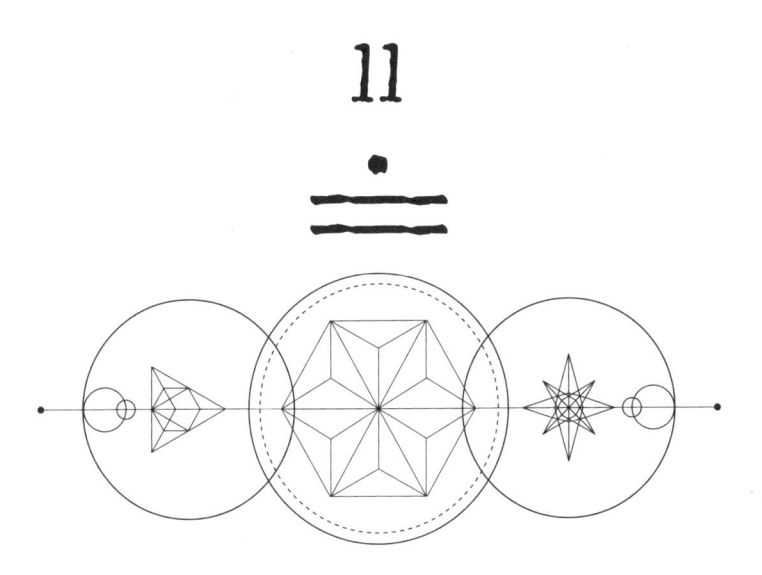

No dia seguinte, após um bom período de sono e descanso, Nur começou a elaborar sua tática de guerra. Ela estava muito entusiasmada. Solicitou uma reunião com Zaliki e Maleca, e chamou também Ava e Gyn para que lhe orientassem, uma vez que a deusa Karllyn havia deixado claro que iria ajudá-la apenas em caso de defesa.

As cinco se encontraram em uma sala reservada, na biblioteca. As paredes eram revestidas de prateleiras repletas de livros antigos. Havia uma mesa redonda no centro, onde elas se reuniram.

Nur relatou tudo o que havia acontecido na última reunião com o Conselho dos Doze. Disse que estava por conta própria e pediu orientação.

– Você foi retirada do Conselho dos Doze porque os deuses sabem que você terá que usar o poder da magia das trevas – disse Ava. – O código de ética dos deuses e das sacerdotisas não permite nenhum trabalho junto com as trevas. Dessa forma, eu e Gyn também não poderemos lhe ajudar. Fizemos votos de fidelidade e exclusividade à Luz. Lamentamos, Nur. Mas tenho certeza de que você saberá o que fazer.

Ava levantou-se da cadeira para se retirar.

Gyn olhou para Nur, com enternecimento, e também se levantou.

– Você precisará conhecer bem seus inimigos, se pretende vencê-los. Não se envergonhe de ser quem você é. Aceite seu poder e use-o com sabedoria – disse Gyn, seguindo Ava.

As três aprendizas estavam sozinhas.

– Eu não irei abandonar você, Nur – declarou Maleca.

– Nem eu – disse Zaliki.

As três deram-se as mãos.

– Obrigada – disse Nur, com toda a honestidade que lhe cabia.

– Então, qual é o plano? – perguntou Maleca com uma animação falsa. Ela queria aliviar um pouco a tensão que ficou no ambiente.

– É por isso que preciso da ajuda de vocês, eu não sei o que fazer – revelou Nur.

– Bom, como Gyn disse, terá que conhecer bem as armas do inimigo. Acho que você sabe o que isso quer dizer – mencionou Zaliki.

Maleca continuou o que Zaliki resistia em dizer:

CAPÍTULO 11

— O que a Zaliki quer dizer é que você terá que se enturmar com a galera das trevas. Ganhar a confiança deles. Só assim poderá lutar contra eles de igual para igual.

Nur sabia que aquela era a melhor tática possível. Essa estratégia já havia passado por sua cabeça, quando Éberos lhe disse que a "Nur do futuro" estava morando no templo de Kali. Mas só haveria uma forma disso acontecer: ela fingir que mudara de lado. Mas isso parecia errado.

— Vocês têm razão. Mas saibam que eu nunca abandonarei a minha fidelidade à Luz — declarou enfática. — E vou precisar da ajuda de vocês duas. Vocês precisam confiar em mim, não importa o que aconteça.

— Nós confiamos! — Maleca e Zaliki disseram juntas.

Nur precisava encontrar um local onde pudesse ficar sozinha. A câmara que guardava o livro das trevas, no subsolo mais profundo do templo de Karllyn, parecia o local mais apropriado para aquilo que pretendia fazer. Além disso, ela gostava do mistério e da atmosfera de suspense daquele local tenebroso.

Ela entrou na câmara, mas o livro permaneceu fechado. O livro das trevas parecia conhecer a intenção dela. Nur sentou-se no chão, em posição de lótus, e entrou em estado mental theta. Faria uma viagem ao futuro com a intenção de reencontrar Éberos.

Destruição foi tudo o que viu no futuro dos dois reinos. Fogo, água, ar, terra; todos os elementos da natureza se rebelavam contra a humanidade. Aquela realidade catastrófica não a assustava mais, pois Nur sabia que aquilo era apenas uma possibilidade, e estava decidida em não deixar que aquele evento de destruição completa acontecesse. Procurou Éberos, mas ele não estava em lugar nenhum.

Talvez ele só apareça durante eventos decisivos, pensou. Conectou-se com a Lei do Tempo e pediu:

– Quero ir ao momento exato em que os magos das trevas elaboram seu plano de ataque nos templos de meus pais.

Deu certo. Nur estava de volta ao templo de Kali, na mesma sala em que esteve da última vez. Éberos estava lá, magnífico e elegante; parecia um anjo. Era perturbadora a beleza do mago. Nada de demônios chifrudos e monstruosos. Os mais cruéis eram sempre aqueles com a aparência mais angelical e um magnetismo encantador. Verdadeiros lobos em pele de cordeiro.

Éberos sorriu. Estava em pé, parecia realmente feliz ao ver Nur.

– É um grande prazer vê-la novamente, Nur. Lamento informá-la, mas eu adquiri o poder de interceptar suas viagens no tempo. Não leve para o lado pessoal, preciso defender os direitos do meu povo.

Nur precisava ser convincente, os magos das trevas eram muito sagazes e inteligentes, percebiam a malícia e a mentira com facilidade, uma vez que eram especialistas no assunto. A única forma de convencer um mago das trevas de que ela dizia a verdade era convencendo a si mesma.

CAPÍTULO 11

— Não é a primeira vez que sou interceptada por você, caro Éberos. Vim lhe dizer que tinha razão: estudar a arte das trevas mudou a minha forma de ver o mundo. Já que a era da escuridão virá, e nada posso fazer para impedir sua chegada, então quero estar no poder durante a Kali-yuga — disse Nur, e era a verdade. Ela queria estar no comando dos magos das trevas. Mas sua verdadeira intenção era destruí-los. Ela faria o possível para ganhar a confiança deles.

— Decisão inteligente — disse Éberos, aproximando-se com cuidado para não assustar a garota. — Nós acreditamos que você seja a prometida: o avatar da deusa Kali. Estamos ansiosos pela chegada de nossa deusa que reinará na Kali-yuga.

— Vocês estão certos, sou o avatar de Kali. Mas por ora sou apenas Nur, a filha da poderosa deusa Mut. Ainda não tive meu despertar de deusa. Preciso de ajuda para que a deusa Kali se manifeste em mim.

— Então, seja bem-vinda ao templo de Kali. Você não pode imaginar como estou feliz. Tomou a decisão correta — disse Éberos, e se aproximou ainda mais de Nur. Estavam muito próximos.

O magnetismo do olhar de Éberos deixava Nur de pernas bambas. Ela desviou o olhar, incomodada. Não podia se deixar envolver na ilusória paixão que os magos das trevas costumavam despertar nas pessoas. Éberos percebeu a fraqueza nos olhos de Nur, e sorriu satisfeito.

— Onde está o seu corpo físico neste exato momento? — perguntou Éberos.

— Está no templo de Karllyn, na câmara do livro *Arte da magia das trevas* — respondeu.

— Interessante — disse ele, curioso. — Quem abriu o portal da câmara secreta do livro das trevas para você?

— Eu mesma abri.

O mago não conseguiu esconder sua expressão de admiração. Era necessário um grande conhecimento de magia dos cânticos das trevas para abrir o portal que dava acesso à câmara do livro.

— Isso é perfeito. Você está exatamente no único local do templo de Karllyn onde consigo entrar. Volte para seu corpo físico. Eu irei buscá-la.

Nur obedeceu e voltou para seu corpo físico. Ela não estava preparada para partir tão rápido do templo de Karllyn. Engoliu em seco. Queria poder se despedir de suas amigas, explicar seu plano para a deusa Karllyn e para sua mãe. Mas, no fundo, ela sabia que, quanto menos pessoas soubessem sobre seu plano, melhor. Precisava ser bem convincente; e, para isso, todos precisariam acreditar que ela realmente escolhera o lado das trevas.

Abriu os olhos. Estava um pouco zonza. Levantou-se. Sua mão estava fria de suor. Poucos segundos depois, viu um portal se abrindo. Diferentemente do portal que Karllyn abria — que era como uma esfera de luz —, o de Éberos era como um buraco negro. Ele surgiu e estendeu sua mão para Nur, convidando-a para segui-lo. Nur aceitou a mão do mago, que sorriu, mostrando seus dentes brancos perfeitos, fazendo-a piscar atordoada diante de tanta beleza. Éberos olhou para o livro e voltou a olhar para Nur.

— Vamos — pediu.

Os dois entraram de mãos dadas no buraco negro.

CAPÍTULO 11

Para Nur, a viagem pelo portal negro foi mais fácil e prazerosa do que passar pelo imenso portal de Luz da deusa Karllyn. Isso a deixou incomodada. O mistério das trevas a fascinava.

Nur estava ciente de que seu desaparecimento de Maeer iria preocupar todas as pessoas que ela amava. Mas, justamente por causa daqueles a quem ela mais amava, precisava ser forte, e tinha que seguir com seu plano até o fim. Essa seria a única chance de salvar não só essas pessoas, mas também o planeta.

O templo de Kali era mais majestoso do que Nur imaginava. Era tão sombrio e misterioso quanto o templo de Karllyn, porém muito mais exuberante e rico em obras de arte. Havia arte por toda parte, esculpida nas paredes e nos tetos.

Escondido entre as altas montanhas do Himalaia, o templo de Kali parecia ter brotado das colossais rochas das cordilheiras. Naquela região, distante dos dois reinos, era mais frio e nevava ainda mais do que em Maeer. O Himalaia pertencia às bruxas e aos magos das trevas que não queriam viver sob o comando dos dois reinos. Era para lá que iam.

O templo de Kali era ainda maior que o templo de Karllyn. Diversas torres erguiam-se acima nas nuvens densas de tempestade. Havia túneis de travessia, suspensos no céu, entre uma torre e outra. O local era hostil e de difícil acesso; só era possível chegar lá através de portais. Nur sentiu-se maravilhada com a atmosfera mística do templo de Kali.

Estavam em uma das salas comunais do templo, onde uma bruxa exuberante e bela, chamada Serafina, e um mago velho e barbudo, chamado Druvon, esperavam-nos. Pareciam já saber da chegada de Nur.

— Esta é a prometida? — Serafina perguntou a Éberos, com desdém e apatia.

Éberos olhou para Nur e depois voltou a olhar para a bruxa:

— Se visse o que eu vejo, não teria dúvida, Serafina.

Ela olhou Nur dos pés à cabeça, ainda sem acreditar que aquela insignificante criatura seria sua amada deusa, a quem tanto aguardava.

— Seja bem-vinda ao templo de Kali — interveio Druvon, cumprimentando Nur.

— Obrigada — respondeu Nur, ainda em estado de admiração com a beleza e a forte energia mística do lugar.

Através de uma imensa janela em arco, Nur observou uma gigantesca pirâmide branca.

— Aquela é a pirâmide Nakkal — respondeu Druvon, notando os olhos de admiração da garota diante da grande pirâmide branca camuflada sutilmente na neve. — Será nas profundezas de Nakkal que a Kundalini de Gaia irá dormir durante os próximos doze mil e novecentos anos.

— É magnífica — disse Nur, abismada.

— Diz isso porque ainda não viu o quanto o templo de Kali é exuberante — comentou Éberos. Ele se voltou para Serafina e pediu: — Prepare Nur para o ritual das três da manhã.

— Impossível! Essa garota não passa de uma aprendiza de Karllyn — retrucou Serafina, indignada.

CAPÍTULO 11

— Exatamente por isso ela precisa de sua ajuda — respondeu Éberos. — Sei que fará um ótimo trabalho, Serafina.

A bela bruxa, alta, esguia, de madeixas púrpuras e olhos vermelho-sangue fez uma expressão de nojo ao olhar para Nur. Suspirou e disse:

— Terei muito trabalho pela frente.

Na sua ingenuidade, Nur pensava que Serafina se referia ao trabalho de ensinar-lhe sobre magia das trevas. Mas a bruxa se referia ao labor de embelezar Nur para uma importante cerimônia.

Serafina levou Nur à sala de banho do templo, deixando-a imersa na piscina de águas termais, e saiu, sem dizer nada. Depois de alguns minutos voltou e despejou nas águas algumas gotas de óleo essencial de ilang-ilang. Depois de algum tempo, Nur foi retirada da água e levada aos aposentos de Serafina.

A alcova da bruxa combinava bem com sua aparência elegante. Uma decoração minimalista e de bom gosto.

Serafina fez um belo penteado em Nur, uma maquiagem magnífica, com um delineado semelhante ao que as deusas costumavam usar. E, por fim, colocou-lhe um vestido preto longo, esplendoroso, de alças finas que se cruzavam nas costas e uma saia levemente armada em camadas de renda. Quando Nur se viu no espelho, não se reconheceu. Aquela pessoa que a encarava no reflexo tinha uma beleza que lhe dava arrepios, um charme misterioso e um olhar magnético.

Serafina olhou minuciosamente para Nur, avaliando o trabalho que havia feito, e suspirou profundamente. Parecia satisfeita, mas não feliz.

— Acho que consegui ao menos deixá-la apresentável — disse Serafina.

Ouviram batidas à porta. Serafina foi abrir. Era Éberos.

— Vim buscar nossa prometida — disse o mago, olhando para Nur, que estava em pé, no centro do aposento.

— Bem na hora — disse Serafina. — Ela está pronta. É toda sua. Vou indo na frente, pois quero pegar um bom lugar — disse, deixando Nur sozinha com Éberos.

— Você está linda. Perfeita — disse o mago, sem desviar os olhos de Nur.

Ele aproximou-se lentamente, lançando seu charme e magnetismo de sedução.

Nur sentiu-se atordoada. Seu coração disparou e suas pernas ficaram bambas.

Éberos pegou a mão de Nur e beijou-a com sensualidade.

Um desejo latente começou a despertar em Nur. Sentia suas entranhas latejarem, tamanho seu desejo por aquele mago das trevas sedutor e magnífico.

Notando a fraqueza da bela garota, Éberos começou a beijar a pele branca e macia do antebraço de Nur. Ela perdeu o fôlego, tamanha a ânsia de ser possuída por aquele anjo caído.

Éberos sentiu que aquele era o momento oportuno. Cravou seus dentes no antebraço da ingênua garota, vertendo pequenas gotas de sangue.

Nur entrou em estado de êxtase profundo. A saliva de Éberos agia como uma potente droga que a induzia a um prazer incontrolável, entorpecendo sua mente, mergulhando-a em um estado de regozijo insano. Nur estava tendo orgasmos múltiplos, um seguido do

CAPÍTULO 11

outro, enquanto Éberos sorvia um pouco de seu poder de Transformadora de Destino.

Ao sorver seu sangue, Éberos poderia então se conectar à Nur e interceptar suas viagens ao futuro. E foi desta forma que o mago adquiriu tal poder.

De repente, a porta do quarto foi aberta. Serafina os flagrou. Ela havia voltado para pegar os brincos que esquecera de colocar.

– Lamento interromper, mas não é hora para isso – disse apática.

Éberos olhou para Serafina com ódio. Fez um feitiço para cicatrizar a pele de Nur, dilacerada por seus dentes. A pele se reconstituiu imediatamente. Nur ainda estava fora de si.

Lentamente, ela saiu do estado de êxtase. Sentia-se envergonhada, mas também frustrada, queria mais.

– Já estávamos de saída – disse Éberos à Serafina.

– Deixe que eu acompanhe a garota – pediu a bruxa. – Olhe como você a deixou! Ela mal consegue se manter em pé. Estamos atrasados. Vá na frente; eu a levo em seguida. Ela precisa se recompor primeiro.

Éberos olhou para Nur.

– Tudo bem – aceitou. – Nos vemos na cerimônia – disse para Nur, beijando sua mão antes de sair.

Serafina colocou os brincos em Nur e depois fez um feitiço para ela sair do estado de devaneio e júbilo, então disse:

– Agora vamos. Não podemos chegar atrasadas – ordenou, dirigindo-se à porta.

Nur a seguiu. Ela só pensava em ver Éberos novamente. Conforme andava, sua consciência foi voltando por completo. Éberos havia lhe seduzido com um feitiço, finalmente entendeu. Sentiu ódio de Éberos e de si mesma, por sua ingenuidade. Precisava ficar mais atenta e esperta. Lidar com seres das trevas exigia muita perspicácia. Não se deixaria enganar novamente. Ao mesmo tempo, quando pensava no prazer que sentiu, tinha vontade de jogar tudo para o alto e mergulhar nos braços do mago. Raiva. Sentia raiva por desejar tal coisa. Resolveu conversar com Serafina para parar de pensar em Éberos:

– O que irá acontecer na cerimônia que estamos indo? – perguntou.

– Será sua iniciação. Você terá que provar que merece nossa confiança – respondeu Serafina, sem simpatia. Ela tinha certeza de que Nur falharia.

– Vou ter que mergulhar no *poço dos demônios*? – perguntou. Sabia que a iniciação para a magia das trevas era mergulhar num tanque repleto de demônios.

– Claro que não! Quer dizer, não hoje. Primeiro você terá que estudar e estar preparada para isso. Como sabe sobre o *poço dos demônios*?

– Eu estava estudando o livro *Arte da magia das trevas*, no templo de Karllyn. E depois desse estudo eu teria que fazer a iniciação no *poço dos demônios*.

Serafina gargalhou e disse:

– Não sabia que o templo da deusa Karllyn ensinava magia das trevas. Quem era sua tutora? – perguntou curiosa.

– Eu estava estudando sozinha.

– Ainda bem que decidiu vir estudar no templo de Kali. Ninguém deve estudar magia das trevas sozinho, é muito perigoso. Você poderia se perder na própria mente.

CAPÍTULO 11

E provavelmente seria devorada no *poço dos demônios*. Isso é ridículo! Estudar sozinha a magia das trevas – riu. – De quem foi essa ideia suicida e imbecil? Sua?

Conforme andavam pelos corredores do templo, Nur admirava as figuras entalhadas nas paredes e no teto, cravejadas em pedras negras. O templo de Kali também era aquecido como o de Karllyn. Uma substância percorria o interior daquelas paredes, como sangue nas veias. A diferença era que no templo de Kali o aquecimento não era feito com água termal, mas sim com lava vulcânica. Nur estava sentindo calor com aquele vestido. Olhou a nevasca caindo por trás das janelas do corredor. Ela queria estar sentindo a neve e o vento gélido em seu rosto. Respirou fundo para tirar o desejo por Éberos de sua mente.

– A ideia foi da deusa Karllyn – respondeu automaticamente, focada em se livrar dos pensamentos libidinosos.

– A deusa Karllyn pediu para você estudar magia das trevas sozinha? – perguntou Serafina, curiosa e espantada.

Nur notou que havia cometido um erro, não deveria ter revelado aquilo.

– Bem, é que eu tenho o dom da magia das trevas, e a deusa deixou que eu aprimorasse meus poderes. Ela respeita o livre-arbítrio das aprendizas.

– Nenhum ser de Luz respeita o livre-arbítrio. Seres de Luz são prisioneiros da ética e da moral da Luz.

Serafina pareceu não ter se convencido da resposta de Nur.

– Mas, mudando de assunto – continuou –, você parece uma menina ingênua e idiota, por isso me sinto na obrigação de lhe dar um conselho: não deixe que Éberos beba seu sangue novamente, ou acabará morta antes mesmo de ter a oportunidade de mergulhar no *poço dos demônios*.

Nur levaria a sério aquele conselho de Serafina, mesmo sabendo que a bruxa estava longe de ser sua amiga e querer seu bem.

※

A enorme sala comunal estava com uma iluminação baixa, amarelada, com alguns pontos de luz vermelha focados nas esculturas de Kali, em suas diversas formas. No altar havia um trono feito de pedra vulcânica negra, esculpido com serpentes entrelaçadas. O lugar estava vazio, à espera da chegada da deusa.

O recinto estava repleto de magos e bruxas, todos usando máscaras pretas. Os magos vestiam túnicas pretas com capuz; as bruxas, elegantes vestidos longos, também na cor preta.

Estavam todos curiosos para conhecer a prometida.

Quando Serafina e Nur entraram no grande salão, todos se voltaram para a prometida. Nur sentiu-se incomodada com tanta atenção sobre ela.

Druvon seguiu na direção de Nur, fazendo questão de ir receber pessoalmente a prometida; e também para usufruir um pouco da atenção que ela recebia.

– Você está encantadora – disse para ela.

Mas quem respondeu foi Serafina:

– Obrigada. Sempre faço um ótimo trabalho. E, neste caso, fiz um belo milagre.

CAPÍTULO 11

— A modéstia às vezes a deixa cega, Serafina. Nur tem o encanto e a magia das trevas no sangue. Basta olhar em seus olhos — disse Druvon.
— Espero que ela não nos desaponte — retrucou Serafina. — Ainda creio que isso seja uma armação do Conselho dos Doze.
— Em breve saberemos — disse Druvon, sorrindo para a garota. Deu as costas e saiu. Nur o seguiu. O mago seria o responsável por conduzir a cerimônia.

Sem ter o controle de seu desejo, Nur buscou por Éberos na multidão. Quando o encontrou, perdeu o ar. Apesar da máscara, ela facilmente reconheceu seu magnético olhar. Ele estava magnífico.

Éberos encarava Nur com todo seu charme e sedução. Nur desviou os olhos, constrangida. Precisava ser forte ou acabaria sendo devorada por aquele sentimento.

O evento iniciou-se com o sacrifício sangrento de um cavalo branco. O sangue do animal foi distribuído em taças. Nur torcia para não ser obrigada a beber o sangue daquele pobre animal. O imenso salão exalava um cheiro de morte misturado a um aroma de incenso adocicado. Para sua sorte, ninguém lhe entregou uma taça com sangue.

A cerimônia continuou com mantras satânicos e reverências a Kali. Então, Druvon começou com um longo discurso. Em um dado momento, o nome de Nur surgiu em seu monólogo:

— Temos aqui, esta noite, a presença da jovem prometida. Talvez hoje seja um dia histórico, que marcará o retorno do avatar de Kali ao seu templo. Para que não reste nenhuma dúvida, iremos testá-la diante de todos. Se a filha da deusa Mut e do deus Ámon provar ser fiel às trevas e ao templo de Kali, então em breve teremos o despertar e o retorno de nossa idolatrada deusa. Mas, antes de comemorarmos, vamos primeiro ter a certeza de que Nur é a prometida, jurando fidelidade aos nossos princípios. Venha! – o mago chamou por Nur. Todos voltaram seus enigmáticos olhares para ela.

Nur estava com medo, não imaginava o que teria que fazer para provar sua lealdade. Seguiu receosa até o altar de Kali, onde Druvon a aguardava.

Assim que Nur pisou no altar, sem delonga, Druvon disse qual seria o desafio:

– Todos aqui presentes serão testemunhas da grande revelação – disse Druvon. Então, voltando-se para encarar os olhos de Nur, continuou: – Para provar seu valor, você terá que destruir os templos de Mut e de Ámon. Espero que esteja pronta, pois partirá agora mesmo, através de um portal, e destruirá ainda esta noite os templos dos mais poderosos deuses dos dois reinos.

Nur não acreditou no que ouviu. O teste era pior do que ela pensava. Com esforço, conseguiu se manter aparentemente impassível. Tentava pensar racionalmente na situação. Seus pais estariam durante toda a madrugada na reunião do Conselho dos Doze, na pirâmide de Caem. Eles não seriam mortos com a destruição de seus templos. E sabiam previamente que seus templos corriam perigo.

Ela tinha que pensar de forma fria e calculista, como os inimigos pensavam. A única forma de vencer aquela guerra seria ganhando a confiança de seus rivais. Se o

CAPÍTULO 11

preço a ser pago era destruir os templos de seus pais, assim o faria.

Nur aceitou o desafio. Serafina ficou surpresa, pois ainda acreditava que tudo não passava de uma armação dos deuses dos dois reinos.

Éberos aproximou-se. Ele segurava cuidadosamente dois pequenos recipientes redondos de vidro que continham um líquido verde, radioativo e fosforescente.

– Terei que acompanhá-la para abrir os portais – disse Éberos à Nur.

Ela voltou a sentir a excitação que o mago lhe provocava. Suas veias pulsavam de desejo por mais uma mordida. Piscou, apertando os olhos para sair daquele estado de hipnose, e se concentrou no que estava prestes a fazer.

– Mas quem irá ativar a *vril de Kali* nos templos será você – disse Druvon para Nur, referindo-se às bombas radioativas nas mãos de Éberos. – Você tem acesso livre aos templos dos seus pais, por isso somente acompanhado da sua presença Éberos poderá abrir os portais.

– Iremos primeiro ao templo do deus Ámon – informou Éberos. – Entraremos no subsolo mais profundo, que provavelmente estará vazio. Deixarei o portal aberto, por isso terá que ser rápida. Você irá ativar a bomba e rapidamente atravessar o portal de volta, antes que o *vril de Kali* exploda. Ninguém jamais suspeitará de você. Será fácil.

Éberos entregou os recipientes contendo o *vril de Kali* nas mãos de Nur, e abriu o portal. Nur precisava agir rápido, não podia parar para pensar ou acabaria desistindo.

Ela atravessou o portal. Estava dentro do templo de Ámon, no subsolo mais profundo, onde havia um belo jardim tropical. Percebeu suas mãos trêmulas, contendo a *vril de Kali*. Olhou ao redor, não havia ninguém naquele espaço. Nur sabia que muitas pessoas viviam naquele templo; mas justificou-se, lembrando que de qualquer forma aquelas pessoas iriam morrer um dia, então que fosse por uma nobre causa, pelo bem de todos.

Ela arremessou o *vril de Kali* com toda sua força no ponto mais distante, torcendo para que estivesse certa – que seu pai não estivesse lá naquele exato momento. Rapidamente atravessou o portal de volta.

Estava difícil para Nur manter a postura de uma psicopata. Mas agora estava consumado, não tinha mais como voltar atrás. Havia matado dezenas de pessoas iluminadas que estavam no templo. Era tarde demais para desistir de seu plano.

Ao atravessar o portal, entrou no interior do templo de Mut, no subsolo com a piscina de águas termais. O local preferido de sua infância, onde costumava brincar por horas, imaginando ser uma sereia. Nur havia nascido e crescido no templo de sua mãe. Era seu lar, o lugar onde foi muito amada e feliz. Conhecia todas as pessoas que viviam naquele templo. Seres maravilhosos, iluminados, que sempre cuidaram dela com amor e carinho. A vitória contra o inimigo estava lhe custando um sacrifício maior do que esperava.

Ela sacudiu a cabeça para se desvencilhar daqueles pensamentos e se concentrar no motivo pelo qual estava fazendo aquilo. Só poderia salvar a humanidade mediante aquele terrível sacrifício. E se isso não fosse

CAPÍTULO 11

feito, não apenas os templos de Ámon e Mut seriam destruídos, mas toda a Atlântida e a Lemúrya.

Nur respirou fundo, cerrou os dentes, fechou os olhos e arremessou o *vril de Kali* na piscina de águas termais. Ainda estava com os olhos fechados quando sentiu a mão de Éberos puxá-la para dentro do portal.

Quando abriu os olhos, estava de volta ao templo de Kali. Tudo foi tão rápido que parecia surreal, apenas um pesadelo.

– Então? Como foi? – questionou Druvon, ansioso.

– Perfeito – disse Éberos. – Ela conseguiu. Provou que merece nossa confiança.

Todos no grande salão vibraram em comemoração. Nem tanto pela vitória de Nur ou por ela merecer a confiança deles, mas muito mais pela destruição dos templos dos deuses Mut e Ámon.

Druvon estava satisfeito. Jamais teriam conseguido destruir templos tão poderosos sem a ajuda da "confiável" filha dos deuses. E aquilo tinha um sabor a mais: agradava-lhe, e muito, a ideia de que os deuses haviam sido traídos pela própria filha.

– E assim, meus caros, pelas mãos da prometida foi dado o início da grande guerra! – exclamou Druvon, com veemência e paixão, levando os membros da seita à euforia.

Serafina aproximou-se de Nur.

– Meus parabéns. E peço que aceite minhas desculpas por não ter confiado em você. Seja bem-vinda ao templo de Kali – disse amistosamente.

– Obrigada – Nur respondeu com um sorriso falso. Ela incorporou uma personagem demoníaca e estava bem convincente em seu papel. Mas sabia que, quando se deitasse na cama para dormir, sua máscara também cairia, e o desespero e a tristeza iriam lhe perfurar o coração. Precisava ser forte, o sacrifício já estava feito.

Na grande pirâmide de Caem, os deuses do Conselho dos Doze ouviram as estrondosas explosões, sentindo o chão e as paredes da câmara secreta da pirâmide tremerem.

Thoth parou de falar e levou as mãos ao coração.

— A guerra começou — disse sentindo todo o seu corpo estremecer.

A deusa Mut parecia congelada. Ela sabia. Sentia. Seu templo fora atacado, estava em chamas. Todas as suas relíquias do poder destruídas. Suas sacerdotisas fiéis, que tanto amava como filhas, mortas. Não conteve as lágrimas. Seu templo tinha proteção contra ataques... ela não entendia onde havia errado.

— Mas como? — foi tudo o que Mut conseguiu dizer.

— Nur — respondeu o deus Ámon, com uma terrível dor na voz. Ele estava com o semblante triste, já havia intuído o que acontecera. Também sentiu que seu templo estava em chamas, completamente destruído.

— Não poder ser — deixou escapar Karllyn. — Digo, tenho certeza de que Nur jamais nos trairia. Deve haver um motivo para isso, uma razão, alguma explicação. Ela jamais se voltaria contra a Luz — afirmou, com convicção.

CAPÍTULO 11

— Temos que sair daqui imediatamente. Nur sabe o local e o horário de nossas conferências — disse Thoth, com urgência. — Temos que avisar os outros deuses. Todos terão que abandonar seus templos imediatamente.

— Se Nur tivesse nos traído, já estaríamos todos mortos — disse Karllyn, ainda em defesa de sua aprendiza.

Mut olhou para Karllyn esperançosa e agradecida. Ela também se recusava a acreditar que sua amada filha, amorosa e gentil, fosse capaz de tamanha traição. Mas voltou a pensar nas suas sacerdotisas mortas, na destruição de seu templo, e a empatia pela filha voltou a esmorecer.

Ámon não tinha a mesma benevolência. Ele pensava em Nur como traidora, pois o que havia feito contra os templos dos próprios pais, os mais poderosos deuses dos dois reinos, era injustificável.

Karllyn usou seu poder para abrir portais, deslocando os deuses para locais seguros.

A guerra havia começado.

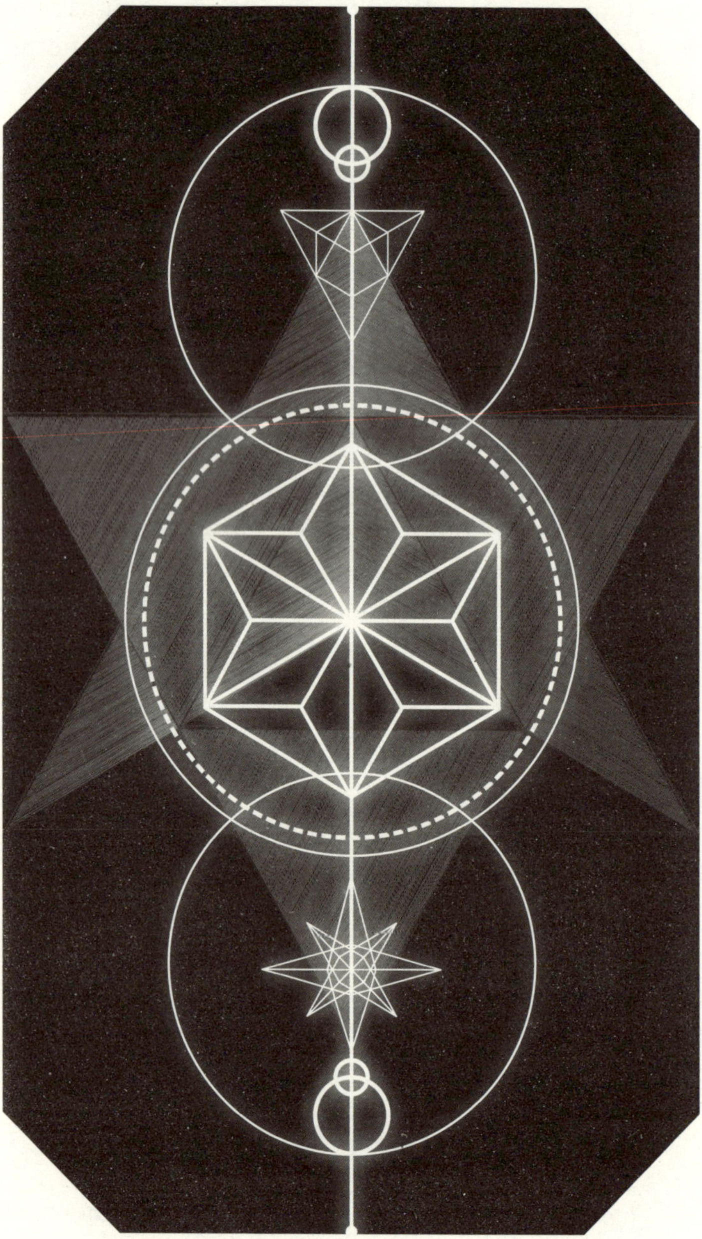

12

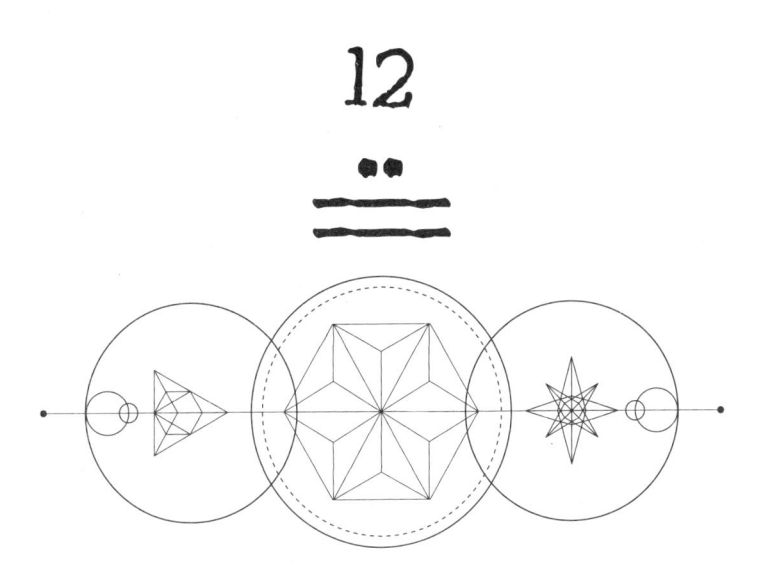

Nur parecia sedada. Não prestou atenção no trajeto que percorreu com Serafina até o aposento que lhe fora destinado. Não notou o quão majestoso e belo era seu quarto, com teto revestido de ouro, esculpido com os quatro cavaleiros do apocalipse. Também não notou a imensa sacada, com vista para a pirâmide Nakkal, nem a lua cheia que brilhava através das cortinas de seda. Assim que Serafina a deixou sozinha e fechou a porta, Nur correu para um canto e tapou a boca com as mãos para abafar seu grito de agonia.

O sol não demorou para começar a nascer por trás das cordilheiras do Himalaia. Ela foi até a bacia de ouro que continha água termal e lavou o rosto até qualquer resquício de maquiagem borrada sair por completo. Abriu as portas da sacada do seu quarto para sentir o vento gélido da manhã. Ficou ali, com os olhos perdidos no horizonte branco de neve, até começar a bater o queixo de frio. Voltou para dentro e se jogou na cama para tentar descansar. Seria impossível dormir com a culpa que lhe rasgava a alma.

Alguém bateu à porta. Rapidamente, sentou-se na cama, respirou fundo e se recompôs.

Quando abriu a porta, sentiu-se anestesiada. Era Éberos. A presença singular do mago fez desaparecer a dor que lhe corroía.

— Imaginei que não conseguiria dormir — disse ele, assim que a viu.

— Foi um dia intenso — disse Nur. — Realmente, será difícil pegar no sono — continuou, segurando a porta. Um desejo latejante implorava que ela o convidasse para entrar, mas sua razão dizia para não cometer tamanha estupidez.

— Se quiser, posso ajudá-la — sugeriu o mago.

— Não precisa — disse Nur, com dificuldade. — Mas agradeço.

— Certo. Caso mude de ideia, é só pensar em mim, e estarei aqui — disse Éberos, dando as costas e voltando pelo corredor.

Assim que ele se afastou, a culpa, a insegurança, a solidão e o desespero voltaram com toda a força; uma tortura insuportável. Nur sentiu o ar lhe faltar, como se a própria vida estivesse se esvaindo. Ela precisava esquecer o que havia feito. Matou centenas de pessoas

CAPÍTULO 12

iluminadas. Pessoas que sempre a trataram com amor e respeito. Não conseguia suportar aquela tortura.

– Espere! – gritou no corredor, segurando a porta aberta. Ela precisava de Éberos.

O mago abriu um sorriso malicioso, deu meia-volta e caminhou na direção de Nur. Ele precisava dela. O sangue da prometida era o mais saboroso que já havia experimentado. Era doce e picante, com um aroma que inebriava os cinco sentidos. Ele ansiava pelo sangue da garota. Queria mais. Cobiçava a energia vital dela; de um poder intenso e profundo.

Quando Éberos aproximou-se, notou que Nur estava tão sedenta quanto ele. Ficou feliz.

– Mudou de ideia? – perguntou ele.

Nur deu espaço para que ele entrasse e logo em seguida fechou a porta. Ela sentiu as veias de seus braços pulsarem, implorando por uma mordida. Instintivamente, acariciou o próprio antebraço com a mão. Não conseguia tirar os olhos de Éberos.

O mago pegou sua mão com delicadeza e a beijou. O desejo dos dois era intenso demais para irem devagar. Quando menos esperavam, já estavam em deleite de prazer. Éberos sugava o sangue de Nur em seu antebraço.

Uma pantera negra se apossou de Nur. Num instinto animal, ela mordeu o pescoço de Éberos e começou a sugar o sangue dele.

Pego de surpresa, ele atingiu o clímax instantaneamente, de um modo tão intenso, como nunca havia sentido.

Exausta, Nur desmaiou, num sono profundo.

Contra a própria vontade, Éberos foi embora. Deixou Nur sozinha, dormindo. Ele sabia que, se ficasse ao lado da prometida, acabaria sugando todo o seu sangue. Ele não conseguiria se controlar.

A porta da sacada estava aberta. O vento frio penetrava o quarto com fúria. Nur só não morreu congelada porque Éberos a cobriu com uma pele de búfalo antes de partir.

Ao meio-dia, Serafina bateu à porta. Sem resposta, entrou no quarto. Precisava acordar a prometida, para que ela iniciasse seus estudos na magia das trevas. Notou a garota pálida. Parecia morta. Verificou a pulsação pelo pescoço. Estava viva, porém fraca. Chacoalhou os ombros de Nur para acordá-la.

Nur abriu os olhos, assustada.

– Não acredito que você deixou Éberos beber seu sangue! – disse Serafina, irritada.

Nur sentou-se com esforço. Lembrou-se do que havia acontecido. A dor da culpa voltou ainda mais forte. Éberos... ela precisava dele.

– Onde ele está? – perguntou para Serafina.

– Você já está sofrendo de abstinência. Acho que por pouco ele não a matou. Preciso tirar o veneno do seu organismo. Levante-se agora! Vamos!

Serafina levou Nur até a sala de poções do templo. Sem perder tempo, fez com que ela se deitasse em uma maca de madeira e começou a desintoxicar o organismo de Nur por meio de uma transfusão de sangue.

O tratamento demorou horas. Nur tremia e transpirava muito. Sentia dores pelo corpo inteiro.

Ao terminar, ela se sentia lúcida novamente. Sacudiu a cabeça. Jamais deixaria Éberos sugar o seu sangue outra vez. Seu ódio cresceu dentro dela. Não era

CAPÍTULO 12

culpada de nada. A culpa de tudo era daqueles seres das trevas. Voltou a ser guiada pela razão. Precisava ser forte e seguir em frente com seu plano.

— Agora está pronta para começar seu primeiro dia de estudo. E fique longe de Éberos — disse Serafina.

— Obrigada, Serafina — Nur falou com sinceridade.

A câmara que guardava o livro *Arte da magia das trevas* no templo de Kali era idêntica à do templo de Karllyn.

Seu mentor seria Druvon, o mago das trevas mais poderoso do mundo.

— Esta sala é idêntica à câmara que existe no subsolo mais profundo do templo de Karllyn — Nur comentou, admirada.

— Não é uma sala semelhante. É exatamente a mesma câmara — disse Druvon.

— Como?! — exclamou, curiosa.

— Magia — respondeu o mago. — A magia das trevas é mais poderosa do que você possa imaginar.

O livro *Arte da magia das trevas* abriu assim que Druvon olhou para ele. Nur aproximou-se, e o mago começou a lhe ensinar o ocultismo da geometria sagrada. Ensinamentos que ela nunca havia aprendido no templo de Karllyn.

— O sangue é a substância mais poderosa que existe neste mundo, pois contém energia vril, força e poder. Uma única gota de sangue, oferecida em sacrifício, tem a energia capaz de explodir toda esta cordilheira do Himalaia — disse o velho mago.

Nur ficou satisfeita em ouvir aquilo. Ela havia derramado muito sangue nobre em sacrifício pela sua vitória, sangue abundante, de sacerdotisas e magos da Luz. Tinha esperança de que aquelas mortes não seriam em vão.

– Quanto mais pura é uma alma, mais poderoso é seu sangue. Por isso os bebês são muito usados em sacrifícios. Mas o sangue de animais nobres, herbívoros, também tem grande poder – explicou Druvon.

A aprendiza já ouvira falar sobre o sacrifício de bebês em seitas de magia das trevas, mas pensava que aquilo era uma lenda. Ela esperava nunca precisar passar pela prova de matar um bebê inocente para usar seu sangue com propósito sombrio.

– A única forma de se adquirir um dom, sem ter nascido com ele, é bebendo todo o sangue daquele que detém o dom desejado. Porém, se você não tiver força o suficiente para suportar o dom de outra pessoa, você não só morrerá de forma horrível como também se tornará um escravo eterno daquele que você tentou usurpar o dom. A cobiça por poder já fez com que muitos tentassem essa façanha, mas nunca ouvi falar de alguém que teve êxito no processo. Todos que conheci morreram tentando, e tornaram-se escravos espirituais. Diz o livro das trevas que somente uma deusa poderosa como Kali seria capaz de tomar completamente o dom de outra pessoa.

Aquela informação ficou bem registrada na mente de Nur. Se um dia ela se tornasse Kali, teria uma dieta à base do sangue inimigo.

Ela passou a tarde toda estudando. Ao anoitecer, voltou para os seus aposentos na companhia de Serafina.

CAPÍTULO 12

A bruxa ficaria vigiando os passos de Nur, para que ela não caísse novamente na tentação de Éberos.

Naquela noite, haveria um importante banquete reunindo os marcianos, os ma-zés e os mais poderosos magos das trevas de todos os reinos. Seria um encontro memorável, celebrando o início da guerra.

Serafina ajudou Nur a se preparar para o banquete. Entregou a ela um belo vestido cinza-escuro, cuja cor parecia a fumaça de uma explosão. Fez a mesma maquiagem, bem carregada nos olhos, e adornou seu pescoço com um pesado colar, do qual pendia uma enorme pedra de rubi.

Uma imponente sala de jantar havia sido luxuosamente decorada para o grande evento. O piso de mármore preto brilhava. Os imensos lustres de metal preto fosco ofereciam uma iluminação aconchegante e quente. Alguns convidados já estavam sentados à imensa mesa de jantar, redonda, bem centralizada no espaço.

Serafina e Nur entraram discretamente. Apenas quando Nur aproximou-se da mesa, Éberos a viu.

– Ah, Nur, estávamos falando de você. Este é Ru-tan, o líder dos marcianos – disse, apontando um homem musculoso e alto, com uma face grotesca, cabelos pretos, a barba bem desenhada e as orelhas pontudas como as de um elfo.

Nur ficou satisfeita ao notar que a presença de Éberos já não lhe causava nenhum efeito químico no organismo. Sentiu-se grata pela ajuda recebida de Serafina.

Ela conhecia o líder dos marcianos, de suas viagens ao futuro. Teve que conter uma reação de nojo perante aquele ser odioso.

— Os marcianos pertencem à raça ariana. E são nossos aliados na guerra – continuou Éberos, sentindo sua boca salivar de apetite pelo sangue de Nur. Mas ele sabia que Serafina e Druvon eram contra. Teria que se controlar. Da última vez, quase havia matado a prometida.

— Boa noite a todos — disse Nur, sem sorrir, pois não parecia adequado, dentro da cultura ariana, sorrir. Eles não pareciam nem um pouco amistosos ou simpáticos.

Os marcianos não responderam ao seu cumprimento. Apenas a ignoraram.

Serafina sussurrou no ouvido de Nur:

— Eles não gostam de mulheres.

Nur já havia notado o descaso na forma como olhavam para ela e Serafina.

— Estes são nossos amigos ma-zés — retornou Éberos, referindo-se a duas imagens holográficas de seres baixos, de pele cinza e imensos olhos negros como ônix. — O nome deles é impronunciável para nós, mas podemos chamá-los de Phi e Ren. Eles são os líderes dos ma-zés. Também são nossos aliados. Agora, sente-se ao meu lado, estamos tratando de assuntos importantes.

Nur então obedeceu. Ela estava reunida com todos os seus maiores adversários. Olhou bem para cada um. Não esqueceria aquelas faces. Mais cedo ou mais tarde encontraria uma forma de destruir todos que estavam presentes ali, naquele jantar.

— Estamos combinando nossa estratégia de tomada do poder — Éberos informou à Nur, para que ela se situasse do assunto. — Vamos precisar de seu dom de Transformadora de Destino para dar requinte ao nosso plano.

— Estou à disposição.

CAPÍTULO 12

— Certo — disse Ru-tan. — Agora vamos direto ao assunto. Vou falar qual é o nosso plano de guerra, e então a garota — disse, referindo-se à Nur — vai ao futuro e vê se irá funcionar — concluiu confiante.

— Estamos ouvindo — disse Druvon.

Ru-tan levantou-se da cadeira e começou sua explanação:

— Dentre nós, os que detêm o maior poder tecnológico são os ma-zés. Eles poderão lutar contra os anunnakis, que também possuem um grande arsenal tecnológico. Os ma-zés precisam impedir que os anunnakis atrapalhem nossos ataques aos dois reinos. Os magos lutarão contra os deuses, em uma guerra de poderes mágicos — disse com desdém, deixando claro o quanto a magia o incomodava. — Nós, os arianos, usaremos nossa tecnologia para atacar e destruir todos os templos e todas as pirâmides dos dois reinos, eliminando os vestígios de poder feminino e de magia.

— Entendo que vocês, arianos, não gostem de magia — começou Druvon —, no entanto, nós, os magos, não pretendemos abrir mão de nossos poderes. Além disso, convém não esquecermos que este planeta é nosso, dos humanos de Gaia. A ajuda de vocês é fundamental para nossa tomada de poder, mas, como não pretendemos abrir mão do controle do nosso planeta, só quero deixar claro a todos que, de acordo com nosso tratado, está estabelecido que vocês, os arianos, terão o controle apenas de Atlântida. Os ma-zés terão liberdade total para abduzir quem bem entenderem, a fim de criar suas cobiçadas espécies híbridas. Quanto a nós, magos e bruxas do templo de Kali, iremos reinar em Lemúrya e todos os demais continentes primitivos.

– Estamos de acordo em relação à divisão das terras. É justo – disse Ru-tan. – Mas, em nossa terra, nós mandamos. Não permitiremos a existência de magia em Atlântida.

Por trás de todo aquele discurso amigável, tanto os marcianos quanto os magos sabiam que aquele pacto acabaria quando os dois reinos fossem tomados e os deuses, destruídos. Aquela seria a primeira de muitas guerras que ocorreriam na Kali-yuga. Ru-tan queria dominar o planeta e eliminar toda a magia, além de queimar bruxas e magos em fogueiras e colocar as mulheres em seus devidos lugares: como servas dos homens. E, com o tempo, pretendiam desenvolver uma raça pura de arianos, evoluindo a espécie de seus súditos e acabando com a escória dos exilados de Capela encarnados em corpos humanos medíocres.

Os magos das trevas, por sua vez, pretendiam destruir os marcianos e tomar o poder de Atlântida assim que os deuses da Luz fossem derrotados. Tencionavam criar uma nova ordem mundial, na qual estariam no topo da pirâmide, como *iluminates* – os novos deuses iluminados –, reinando e usando o povo como massa de manobra.

Os ma-zés, por sua vez, só queriam ter a liberdade de ir e vir no planeta, coletando materiais genéticos sem serem importunados. Os magos e os marcianos não faziam objeções quanto a isso, desde que não fossem eles os abduzidos para testes laboratoriais.

CAPÍTULO 12

Nur só observava. Se eles vencessem essa primeira batalha, estava claro para ela que guerreariam entre si pelo poder absoluto. Nenhum dos lados estaria disposto a ceder o poder total do mundo. Guerras terríveis e destrutivas surgiriam uma seguida da outra. A morte de Gaia era certa, uma questão de tempo, caso ela falhasse.

No bizarro jantar, como prato principal, foi servido cérebro de águia ao molho de sangue de golfinhos. Nur recusou sutilmente e só aceitou a entrada, uma sopa de abóbora bem apimentada. Depois de terminar, informou a Éberos que estava pronta para fazer a viagem para o futuro.

Nur estava ansiosa para ver o que iria acontecer no futuro depois daquelas decisões.

– Prezados aliados – disse Éberos, chamando a atenção de todos no banquete. – É com grande prazer que lhes informo que nossa prometida irá fazer agora sua viagem ao futuro. Ela fechará os olhos, e em questão de minutos estará de volta com informações preciosas sobre o que acontecerá. – Olhou para Nur e assentiu com a cabeça, indicando que poderia fazer seu desdobramento.

Nur respirou fundo. Seria difícil se concentrar tendo os seus maiores inimigos lhe observando. Fechou os olhos e mergulhou na conexão com a Lei do Tempo. Entrou profundamente em estado mental theta.

Em poucos segundos já estava no futuro, em corpo astral, vendo tudo.

A tomada de poder fora fácil e rápida, sem batalhas sangrentas. Os deuses entregaram passivamente os dois reinos para evitar derramamento de sangue.

Os marcianos, então, usaram a energia vril para destruir toda a magia do mundo. Mas eles não foram capazes de controlar a arma, abrindo violentamente os níveis dimensionais inferiores de Gaia. A queda brusca de ressonância magnética planetária fez com que o planeta fosse completamente aniquilado. Gaia estava morta, assim como toda a vida que sustentava. O planeta não passava de uma esfera extinta, girando ao redor do sol. Era exatamente o destino que Nur precisava evitar.

Ela voltou ao seu corpo físico. Abriu os olhos. Todos ainda a observavam. Ela se ajeitou na cadeira e pensou, buscando as palavras certas.

– E então? – perguntou Ru-tan confiante.

– Nós conseguiremos tomar o poder facilmente, sem nenhuma resistência. Os ma-zés não terão que lutar com os anunnakis. Ninguém precisará lutar. Os deuses se retiraram em fuga, conscientes de que não poderiam, jamais, vencer esta guerra. Porém, existe um problema.

– Que problema? – perguntou Druvon, curioso e ansioso pela resposta.

– Os marcianos vão tentar destruir toda a magia do mundo. Isso provocará a morte de Gaia – declarou Nur.

Ru-tan reagiu com veemência:

– Chega! – gritou, batendo com força as mãos na mesa e se levantando irritado. – Não aceitarei que uma

CAPÍTULO 12

mulher julgue meus atos ou me diga o que devo ou não fazer. Um ariano jamais dá ouvidos a uma fêmea. Não me interessa sua opinião, menina idiota – verteu as últimas palavras com nojo. – Para nós, arianos, esta reunião se encerra aqui. E sugiro aos magos que não deem ouvidos a esta impostora, pois, como toda mulher, é uma criatura inferior e estúpida. Entendam de uma vez por todas que estas criaturas só existem com o propósito de parir. O que farei ou deixarei de fazer no meu continente é assunto meu.

Ru-tan retirou-se abruptamente da sala de jantar, seguido por seus súditos. Os ma-zés permaneceram em seus lugares, curiosos para saber o que mais Nur havia visto no futuro.

Serafina sussurrava um feitiço de pragas para o marciano. Aquela declaração ridícula em relação às mulheres a irritou profundamente.

– Pare com isso, Serafina! – pediu Druvon. – Ainda precisamos deles.

Carrancuda e muito irritada, ela interrompeu o feitiço.

– Peço a você, Nur, que continue o que estava dizendo antes de ser grosseiramente interrompida – pediu Druvon.

– Como eu disse, os marcianos se voltarão contra nós. Planejam bloquear as glândulas de mediunidade dos humanos, e farão isso através da alteração de ressonância magnética planetária. Mas eles perderão o controle da arma experimental e Gaia será completamente destruída.

– Não deixaremos que isso aconteça – declarou Éberos. E, pela primeira vez, Nur concordou com ele de verdade.

– Vamos deixar que eles construam o tal aparato – interrompeu Druvon. – Será interessante ver a caixa de Pandora ser aberta. Depois, nós iremos intervir para impedir a destruição do planeta. É o caos que gera uma nova ordem. Precisamos desse caos para criar uma nova ordem mundial. Pode ver se isso dará certo, Nur? – perguntou olhando para ela.

– Claro.

Ela voltou a fechar os olhos e se concentrou. Passaram-se poucos segundos. Quando voltou, disse:

– O futuro permanece inalterado.

– Certo. Preciso começar a trabalhar nisso imediatamente! Ninguém roubará nossos poderes. Pensaremos numa forma de impedir que os marcianos destruam nosso planeta – exclamou Druvon.

Quando o jantar foi dado como encerrado, Éberos pediu para acompanhar Nur até seus aposentos. Seu desejo só crescia. Ficar ao lado dela durante todo o jantar sem poder tocá-la foi uma verdadeira agonia. Ele precisava do sangue dela para aliviar a dor da abstinência que sentia.

– Creio que não seja uma boa ideia – respondeu Nur, resoluta. – Preciso estar bem para o dia de amanhã. Logo cedo terei aula com Druvon.

– Entendo – disse Éberos, frustrado. Olhou para Serafina com ódio. Naquele momento, ele teve certeza de que a maldita bruxa havia purificado o organismo de Nur. Ele havia perdido o controle sobre a prometida.

Serafina olhou-o com escárnio. Ela sabia o que se passava na cabeça do mago. O seu poder de sedução

CAPÍTULO 12

a incomodava. Ela mesma já havia sido vítima daquele poder. Ficou vulnerável nas mãos de Éberos até ser salva por uma amiga. Aquela era sua vingança. Uma vingança fácil, como tirar um doce das mãos de uma criança.

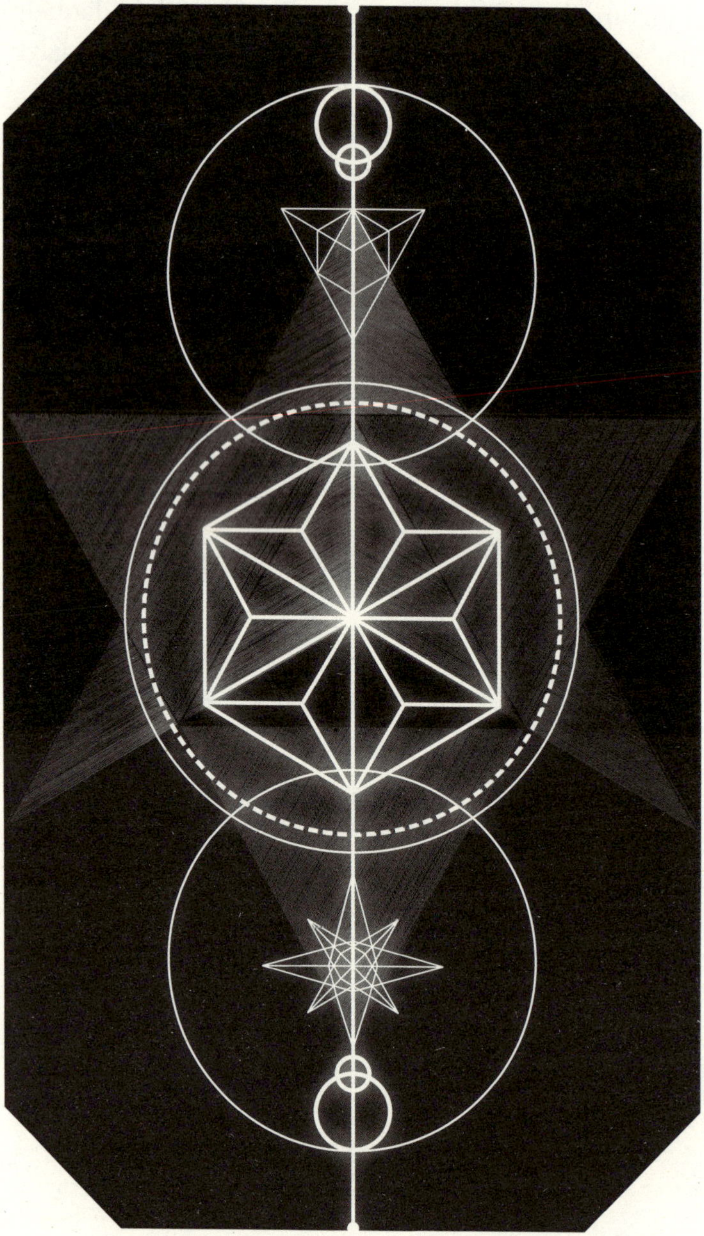

13

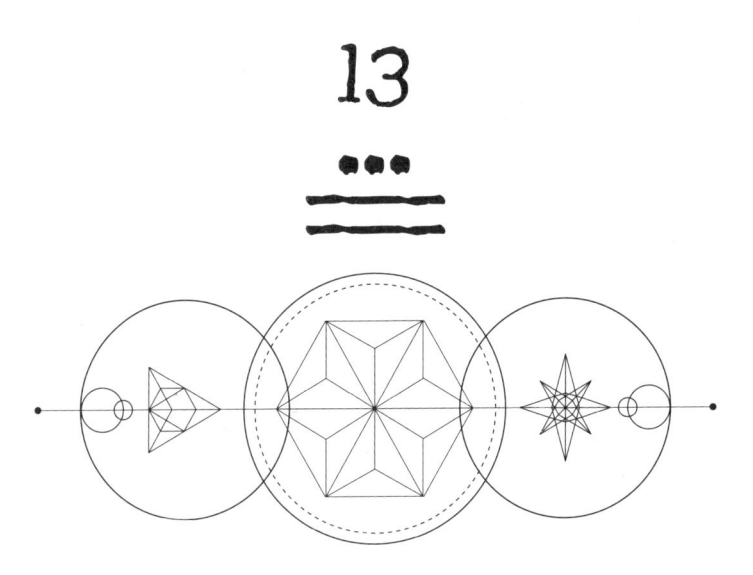

Passaram-se três Luas.

Nur estava com saudades das amigas e de Maeer.

Ainda não havia descoberto uma brecha para se comunicar com a deusa Karllyn sem correr o risco de ser descoberta. Seu plano estava indo bem. Até mesmo Serafina, a mais reticente, não duvidava mais de sua fidelidade, embora ainda não acreditasse na possibilidade de Nur vir a ser sua amada deusa Kali.

Os magos das trevas souberam que eram chamados de "anjos caídos" pelos anunnakis. Eles gostaram e aderiram à nomenclatura criada pelo inimigo.

Como previsto, os anjos caídos e os arianos tomaram o poder dos dois reinos com facilidade. Em toda Gaia, ninguém tinha notícia dos deuses. Estavam desaparecidos.

Nur sabia que seus pais estavam refugiados na selva tropical da terra de Khem, onde haviam construído pirâmides, iniciando uma nova sociedade.

Karllyn provavelmente passava o tempo viajando por portais, transportando deuses de um lugar para outro. E Nur a conhecia, ela jamais iria abandonar suas sacerdotisas e aprendizas. Maeer continuava intocada. Os magos não tinham nenhum interesse naquela isolada ilha, a não ser o de destruí-la por completo. Nur sabia de seus planos e faria de tudo para impedir.

Depois de muito estudo, Nur acreditou estar pronta para sua iniciação. Precisava estar. Tinha que estar preparada para salvar Maeer e o templo de Karllyn.

Druvon e Éberos acreditavam que a deusa Kali estava pronta para retornar, mas Serafina ainda tinha suas dúvidas. No íntimo, ela esperava que sua amada deusa fosse uma mulher exuberante, alta, esguia e com uma aparência intimidadora, e não uma simples garota, muito menos filha de deuses da Luz.

No templo de Kali, o *poço dos demônios* também ficava numa câmara secreta trancada a sete chaves, assim como no templo de Karllyn. Mas o poço de Kali era bem maior e mais sombrio. Parecia ainda mais ameaçador.

— Tem certeza de que está pronta? — Éberos perguntou a Nur, pela terceira vez. Ele olhava para aquele poço de água lúgubre, alarmado. Apesar de já ter passado por aquela iniciação para se tornar um mago das trevas, sabia o quão difícil era o desafio. Para ele estava claro: ou Nur se tornaria uma deusa ou morreria. Não existia alternativa.

CAPÍTULO 13

— Tenho — respondeu Nur, confiante. Já sentia a deusa dentro dela, uma presença forte e vibrante que vinha crescendo em seu interior, e estava perto de eclodir. Sabia que ela se tornaria Kali.

— Ótimo — disse Druvon. — Fico feliz que se sinta pronta. Porém, sua iniciação não será no *poço dos demônios* — declarou, pegando não só Nur de surpresa, mas também Éberos e Serafina.

— Como assim? — Éberos perguntou, surpreso, pois toda iniciação era feita naquele poço.

— Ela não teme o poço. Basta olhar no fundo dos olhos dela. De nada servirá a passagem pelo *poço dos demônios* para a prometida. A iniciação dela terá que ser diferente. Ela terá que derrotar a deusa Karllyn e destruir Maeer. Só assim nossa deusa Kali irá surgir — afirmou o velho mago.

— Perfeito! — murmurou Serafina. Para ela, aquele desafio seria muito mais fácil para Nur do que mergulhar num poço de labirintos repleto de demônios. Sem falar o quanto lhe agradava a ideia de Karllyn ser eliminada por uma aprendiza que pertencera ao seu templo.

Nur estava intimamente em choque. Aquele era um sacrifício imenso. Preferia mergulhar numa profundeza abissal com milhares de demônios vorazes do que ter que matar sua deusa e destruir o templo que tanto estimava. A prova da iniciação seria muito mais difícil do que fora destruir os templos de seus pais. Percebeu que estava enganada ao pensar que havia convencido Druvon sobre sua fidelidade às trevas.

Éberos olhou para Nur. Ele acreditava na fidelidade dela, pois sempre manteve os olhos bem abertos e a observou de perto; ela nunca os traiu, nunca fez uma viagem ao futuro sem o pedido deles, nunca mentiu sobre o que havia visto no futuro. Ele saberia se tivesse acontecido algum deslize, já que partilhava um pouco do poder do sangue dela, que corria em suas veias.

— Vai ser muito interessante assistir a essa iniciação — disse Éberos.

— Estou pronta — afirmou Nur, impassível, sem demostrar seu abalo.

— Sua missão fica totalmente por sua conta. Ninguém poderá ajudá-la, nem mesmo Éberos. Você tem exatamente uma hora para concluir sua missão ou terá falhado e será eliminada pelas forças das trevas — explicou Druvon.

— Mas ela precisará de um portal para chegar a Maeer — questionou Éberos. — Somente eu tenho o poder de abrir portais aqui. Vou precisar ajudá-la com isso.

Druvon olhou para Éberos e abriu um sorriso irônico.

— Lamento informar, caro Éberos, mas ela não precisa mais da sua ajuda para nada.

Nur sabia o que devia ser feito, e nunca imaginou que um dia fosse considerar Éberos ingênuo. Druvon esperava que Nur matasse Éberos e bebesse todo o seu sangue para adquirir o poder dele. Mas ela tinha outros planos em mente.

— Não se preocupe, eu não preciso do seu sangue — disse Nur para Éberos. — Tenho outros meios.

Éberos arregalou os olhos, finalmente entendendo qual era a intenção do grande mago do templo de Kali. Começou a gargalhar. Para ele, seria hilário lutar

CAPÍTULO 13

com uma garota frágil e com tão pouca experiência na magia das trevas.

Druvon ficou desapontado e parou de sorrir.

— Se já tem um plano, então é bom começar a agir logo — ordenou Druvon, tirando uma ampulheta de seu bolso. — A contagem do tempo começou.

Nur deu as costas e seguiu apressada em direção à porta de saída do templo de Kali.

Uma rajada brutal de nevasca a atingiu assim que ela deixou o templo. Cobriu o rosto com o braço e seguiu na direção da grande pirâmide de Nakkal.

As pirâmides eram usadas para produzir a essência vril que abastecia as cidades de energia. Mas também podiam servir para comunicação a distância; e esse era o propósito de Nur.

Ainda na sala do *poço dos demônios*, Druvon tirou um espelho do bolso e, com um movimento de suas mãos, a imagem de Nur surgiu. Ele acompanharia a iniciação da prometida através do espelho mágico.

— Esteja a postos, Éberos, talvez tenhamos que fazer uma viagem — pediu Druvon. Caso Nur os traísse, eles iriam atrás dela para matá-la e destruiriam o templo de Karllyn.

— Reúna todos os magos, Serafina. Podemos precisar de reforços — ordenou Éberos.

A pirâmide de Nakkal era suntuosa e bem protegida. No entanto, foi fácil encontrar a entrada secreta usando a intuição. Nur ficou aliviada ao penetrar na imensa pirâmide e se refugiar do frio do Himalaia. Seguiu pelas passagens ocultas até alcançar a câmara central, onde era possível a comunicação telepática a distância.

Nur entrou no estado mental theta. Criou uma esfera ao seu redor para uma comunicação a distância, e chamou a deusa Karllyn. Quando a deusa entrou em seu campo mental, uma egrégora de amor e carinho envolveu Nur. Fazia tempo que ela não sentia aquela frequência da mais elevada Luz, que somente deuses e templos de Luz reverberavam.

— Até que enfim você entrou em contato, minha filha – disse a voz de Karllyn na mente de Nur.

— Preciso de sua ajuda, minha deusa – pediu, indo direto ao assunto; precisava agir rápido.

— Como já havia dito, estou à disposição para ajudá-la, Nur.

Karllyn nunca acreditou, nem por um momento sequer, que Nur fosse uma traidora. Ela conhecia o coração de sua filha de alma.

— Peço que abra um portal e venha me buscar. Preciso voltar ao seu templo.

Sem questionar o motivo, Karllyn fez o que a garota pediu. Ela sentia que a salvação de Gaia estava nas mãos de Nur.

O portal de Luz foi aberto dentro da câmara central da pirâmide de Nakkal, exatamente onde Nur se encontrava. A deusa Karllyn sentiu que estavam sendo observadas por um espelho. Nur entrou pelo portal aberto, e partiram para o templo de Karllyn.

Ao atravessar o portal, Nur se emocionou. Estava com saudade de seu lar, o templo de sua deusa protetora, sua verdadeira mãe de alma.

CAPÍTULO 13

Estavam na torre de Karllyn, na sala de reuniões, um local onde Nur nunca havia estado. A magia daquele templo lhe enchia o coração de alegria. Pela imensa janela, com grades que formavam losangos, viu o mar de Maeer e a neve leve que rodopiava e caía com graciosidade. Fechou os olhos por um instante, para apreciar aquela magia de Maeer e do templo de Karllyn. Ela sabia quem ela era e o que deveria fazer.

– Não estamos sendo vigiadas mais. Meu templo está protegido – disse Karllyn.

– Queria ter tempo para explicar tudo, minha deusa, mas tenho que agir rápido. É muito provável que um imenso clã de anjos caídos esteja surgindo em Maeer, neste exato momento. Avise as sacerdotisas e as aprendizas para se prepararem para a batalha. Chegou a hora! – declarou Nur.

A deusa enviou uma imagem holográfica para todos os cantos de seu templo, alertando sobre o início do conflito.

Enquanto isso, Nur corria. Desceu escadarias e mais escararias. No meio do caminho, esbarrou com Zaliki. Não fora coincidência, Zaliki e Maleca intuíram a presença da amiga no templo e seguiram à sua procura.

– Nur! – exclamou Zaliki, surpresa e feliz com o retorno da amiga. Ela abraçou Nur apertado. Maleca apareceu em seguida, sorrindo e aplaudindo de felicidade o retorno de Nur.

– Vou precisar da ajuda de vocês – disse Nur. – Venham comigo!

Era a primeira vez que Zaliki e Maleca entravam no subsolo mais profundo do templo de Karllyn. Um local sombrio e assustador. Maleca sentiu todos os pelos de seu corpo se arrepiarem, como uma gata eriçada. Zaliki criou uma egrégora ilusória de segurança para não temer aquela densa energia da magia das trevas.

Nur trazia no bolso as sete chaves que abriam a câmara do *poço dos demônios*, do templo de Karllyn. Ela destrancou a porta e as três entraram.

– Por que estamos aqui? – perguntou Maleca. – Você precisa nos dizer o que está acontecendo, Nur – pediu, olhando assustada para aquele tanque tenebroso que lhe provocava arrepios na alma. Ela e Zaliki sentiam que havia perigo e algo muito ruim dentro daquela água.

– É o seguinte – começou Nur –, terei que mergulhar neste poço para que Kali desperte em mim. Não posso ser interrompida por nada nem ninguém, ou o mundo estará perdido. Preciso que vocês fiquem do lado de fora, mantendo a porta fechada a sete chaves, e vigiem para que ninguém entre. Zaliki, preciso que você crie uma egrégora de ilusão que bloqueie a entrada dos magos das trevas por portais dentro desta câmara.

– Magos das trevas não têm acesso ao interior do templo de Karllyn. O templo está protegido – declarou Zaliki.

– Eu sei, eu sei – disse Nur apressada –, mas estamos em guerra e não sabemos até quando o escudo de proteção do templo suportará os ataques.

Zaliki criou a ilusão mais poderosa que conseguiu. Qualquer mago das trevas que entrasse por um portal na câmara do *poço dos demônios* perderia todos os sentidos, e seria obrigado a voltar para o lugar de onde veio.

CAPÍTULO 13

Maleca e Zaliki saíram da sala e trancaram a porta com as sete chaves. Zaliki guardou as chaves no bolso mais oculto e profundo de sua vestimenta.

Nur olhou para o poço. Antes que a coragem lhe esvaísse por completo, mergulhou na água umbrosa. Escuridão, vazio, angústia, tristeza profunda. Os demônios não eram criaturas como crocodilos gigantes ou ogros deformados. Os demônios eram os sentimentos mais sombrios provenientes das trevas. Seria muito mais fácil lutar com criaturas demoníacas do que enfrentar tamanha dor que parecia lhe rasgar a alma e dilacerar seu coração. Aquela angústia parecia que ia lhe engolir a qualquer momento. Então, ela se lembrou de Gaia, de Karllyn, de suas amigas. Resgatou uma força vinda das entranhas de Gaia, e mergulhou o mais fundo que pôde. Começava a maior luta de sua vida. A guerra era contra seus sentimentos mais profundos, que até então estavam escondidos, ocultos, submersos no *poço dos demônios* de seu subconsciente trevoso.

Druvon, intuindo a traição de Nur, ordenou às forças da rebelião das trevas que destruíssem o templo de Karllyn e matassem a traidora.

Anjos caídos surgiram em Maeer através do portal de Éberos. Serafina também estava lá, decidida a matar a falsa amiga. Seu ódio pela traição de Nur queimava em suas veias.

Também foram solicitados reforços dos marcianos, que agora eram os líderes de Atlântida. Os arianos também estavam a caminho, com armamentos de alta tecnologia.

Maeer começou a ser atacada. A vila foi tomada por chamas; ardia com o fogo de salamandras demoníacas que lambiam com labaredas imensas as lojas e as casas dos moradores.

Toda a força da magia do local estava concentrada em defender o templo de Karllyn. Por isso, foi fácil destruir o vilarejo.

A união de poderosos anjos caídos, somada à tecnologia marciana, derrubou, sem muita demora, o escudo mágico que protegia o templo de Karllyn.

No interior do templo, todos somavam esforços para defender a deusa Karllyn.

— Fuja! Vá embora, minha deusa! — implorou a sacerdotisa que acompanhava a deusa Karllyn, ao notar que o templo estava sem proteção. — Abra um portal e vá!

Karllyn abriu um portal, mas sua intenção não era fugir. Ela jamais abandonaria suas sacerdotisas e aprendizas e o povo de Maeer, que lhe devotavam confiança e amor. Atravessou o portal, e entrou na sala do *poço dos demônios*. A magia de Zaliki não a afetou, pois ela não era uma invasora.

A deusa sentia que Nur estava submersa naquele poço em uma difícil batalha.

Karllyn acreditava que a salvação do mundo estava nas mãos de Nur. Precisava defender sua pupila. Criou um escudo ao redor da câmara do *poço dos demônios*, e ficou feliz ao notar que Zaliki também estava ali, com um escudo, protegendo Nur. Ela não conseguia mais

CAPÍTULO 13

manter a proteção ao redor de todo o seu templo, mas pelo menos ainda tinha forças para proteger Nur.

Com seus poderes, Serafina descobriu onde Nur estava. Éberos tentou abrir um portal para dentro da câmara do *poço dos demônios*, mas não conseguiu. Seu portal foi aberto fora da sala, cuja porta estava sendo protegida por Zaliki e Maleca.

Assim que atravessaram o portal, foram recebidos por golpes de magia de Maleca. Mas a magia da Luz era apenas de proteção. As aprendizas nunca aprenderam a atacar cruelmente, como os magos das trevas faziam. Druvon gargalhou da tentativa medíocre de Maleca, e devolveu a ela um verdadeiro ataque. Uma esfera de fogo azul saiu das mãos de Druvon e atingiu o coração de Maleca.

Ao receber o terrível golpe, Maleca deixou seu corpo físico e, imediatamente, entrou no corpo de sua gata. Num instinto animal de sobrevivência, Leona fugia de Maeer. Nadava na direção do continente quando Maleca entrou em seu corpo. Maleca continuou nadando. Nada mais poderia fazer para ajudar estando incorporada em uma gata. Ela sentiu uma desconexão total com seu corpo físico; não conseguiria voltar para ele.

– Não! – gritou Zaliki ao presenciar a morte da amiga, perdendo a concentração por poucos segundos. Foi mais que o suficiente para Serafina lançar contra ela uma adaga venenosa. A adaga cravou no plexo solar de Zaliki. No mesmo instante, seu poder e sua vida se esvaíram.

Enquanto isso, Nur vencia sua mais terrível batalha. Emergia das profundezas do tenebroso poço, deixando lá no fundo seus demônios decapitados.

Ao atingir a superfície, puxou o ar com avidez, e viu os olhos ansiosos de Karllyn.

Ela saiu do poço com o corpo completamente coberto por um óleo negro. Apesar de ter sido iniciada, Kali não havia despertado. Ela olhou para sua deusa em desespero.

– O que eu fiz de errado? Era para Kali ter surgido! – exclamou. E então ouviram os sons provenientes da batalha do outro lado da porta. – Zaliki! – Nur gritou, sentindo que sua amiga fora atacada.

Tudo aconteceu muito rápido. Antes que Karllyn e Nur pudessem partir por um portal, Éberos abria a porta com as sete chaves encontradas na vestimenta de Zaliki.

A porta da câmara do *poço dos demônios* estava aberta. Karllyn tentava abrir um portal para salvar Nur, quando Druvon usou todo o seu poder para romper o escudo protetor da deusa, ao mesmo tempo que Éberos lançava um poderoso golpe de fogo das trevas no coração dela. Nur estava ocupada, travando uma batalha de poderes com Serafina. Nada pôde fazer para proteger Karllyn.

Os olhos de Nur arregalaram-se ao ver sua amada deusa caindo aos seus pés. A gigante de Luz tombou, com as mãos no peito, sentindo a vida se esvair.

Serafina cessou seu ataque e começou a gargalhar de euforia.

Foi assim que tudo começou. Uma serpente voraz e demoníaca começou a abrir passagem pela coluna vertebral de Nur. Ela deu um grito de agonia e caiu arqueada, enquanto a serpente rompia todas as suas

CAPÍTULO 13

estruturas. Imensas asas começaram a brotar das escápulas de Nur. Kali estava nascendo.

Os anjos caídos e Serafina ficaram paralisados, extasiados, assistindo ao nascimento da deusa das trevas. Imensas asas negras como o ônix se abriram, majestosas. Nur levantou-se lentamente. Parecia muito mais alta. Quando abriu os olhos, o magnetismo daquelas íris vermelhas como a brasa do inferno fez gelar de medo os inabaláveis anjos caídos ali presentes.

– Nur – murmurou Karllyn, com a voz fraca, em seu último sopro de vida.

Mas Nur não estava mais ali. Kali olhou-a, abaixou-se e secou a lágrima que escorria pela face macia de Karllyn.

Por telepatia, Karllyn lhe disse:

– *Beba meu sangue. Agora!*

Sem hesitar, Kali cravou seus dentes afiados no pescoço da deusa e começou a sugar todo o sangue de seu corpo.

Éberos e Druvon sorriam de satisfação. Serafina estava de joelhos, em reverência à sua deusa, com os olhos brilhando de alegria.

O templo de Karllyn estava ruindo como um castelo de areia.

Kali bebeu o sangue de Karllyn, adquirindo todos os poderes da deusa. E, antes que pudesse ser soterrada pelos escombros do templo, abriu um portal e partiu, carregando em seus braços o gigantesco corpo morto de sua amada deusa-mãe.

Éberos fez o mesmo; abriu um portal, salvando a si mesmo, levando com ele Druvon e Serafina.

O templo ruiu, soterrando centenas de sacerdotisas e aprendizas. A deusa Karllyn estava morta. Assim como Zaliki e Maleca.

Entre a fumaça elevada pelos escombros do templo, Kali batia suas imensas asas negras e assistia à destruição daquilo que um dia fora seu lar, seu refúgio, seu mundo feliz. Com sua deusa-mãe, agora morta em seus braços, voou mais alto.

Olhou para o rosto sem vida de Karllyn. Voou para uma região deserta e segura: uma ilhota próxima de Maeer. Com cuidado, depositou naquele solo, agora sagrado, o corpo de sua deusa.

O ódio emergiu ainda mais forte no coração de Kali. Ela bateu suas asas e voou de volta a Maeer.

Lá de cima, observou o vilarejo completamente destruído. O sangue das filhas de Karllyn tingia a neve branca de vermelho. Seu mundo monocromático estava sangrando.

Ao longe, viu Druvon e Éberos sorrindo, deleitados com a destruição que presenciavam. Ao pressentirem sua presença, eles olharam para o céu, admirando a majestosa deusa Kali, com suas imensas e brilhantes asas negras.

Num mergulho, Kali voou até eles. Serafina estava atrás, temerosa, ajoelhada em adoração diante de sua deusa.

A deusa Kali pousou diante de Druvon e Éberos. Antes que eles pudessem sequer pensar em prestar a ela qualquer reverência ou seus votos de fidelidade, ela os decapitou com ferocidade. Ergueu as cabeças dos dois magos pelos cabelos e bebeu todo o sangue,

CAPÍTULO 13

absorvendo o poder daqueles que eram considerados os maiores e mais temidos magos de todos os reinos.

Serafina, estarrecida e apavorada, sem entender a razão de sua deusa ter feito aquilo, começou a implorar por sua vida. Kali olhou a bruxa por um instante e sentiu que a fidelidade dela era verdadeira, e não provocada por uma ambição cruel como a de Éberos e Druvon. Serafina realmente amava Kali; tudo o que fez foi por acreditar que era a vontade de sua deusa, ao contrário dos magos das trevas que queriam usar o poder de Kali para dominar o mundo. Por isso, decidiu poupar a vida de Serafina, apesar de todo o ódio que sentia por ela ter matado sua melhor amiga, Zaliki.

Kali alçou voou e começou a sua caçada. Como uma gigantesca ave de rapina, encontrava seus inimigos, decapitando anjos caídos e arianos e bebendo de seus poderes.

As cabeças dos líderes, uma a uma, foram amarradas em torno de seu pescoço. Montou um colar com as cabeças decapitadas de seus inimigos para mostrar a todos que ela, a deusa Kali, era invencível. E realmente era. Ninguém poderia vencer a deusa nascida das trevas, a representação máxima da destruição e do colapso de tudo que ia contra a natureza da Fonte Criadora. Os anjos caídos tinham muito poder, mas pouca sabedoria para entender que a Luz sempre vence. E que mesmo as trevas servem à Luz.

Depois que Kali matou todos os seus inimigos, ela voou alto e olhou mais uma vez com tristeza a destruição de Maeer, sua amada ilha.

Ao longe, no continente, observou uma pequena gata preta, encharcada de água. Era Leona, a gata de Maleca. Ela olhava Kali e seu miado era como um lamento, um grito de dor.

Kali mergulhou no ar e pousou ao lado de Leona. A felina a olhou com admiração e reconhecimento, mas também com assombro. Naquele olhar sábio e profundo, Kali reconheceu a alma de Maleca. Sua amiga estava naquele animal.

– Maleca, sou eu, Nur. Estou diferente, eu sei. Mas não precisa ter medo. Vou proteger você – disse, pegando a gatinha no colo com cuidado e carinho, voltando a alçar voo.

Muitos dos antigos deuses lemuryanos e atlantes se refugiaram em cidades secretas, no interior de Gaia. Um desses grandes refúgios era Telos, cuja entrada oculta ficava no Monte Shasta. E foi para onde Kali voou, pois intuiu que lá estaria a deusa Bastet, mãe de Maleca.

Segurando a amiga com cuidado, Kali penetrou o Monte Shasta e entrou em Telos, a cidade oculta dos deuses.

Intuindo a chegada da filha, Bastet as aguardava em uma imensa câmara de cristal, encravada no Monte Shasta, toda iluminada com energia vril.

Kali entregou o felino que carregava a alma de Maleca à deusa Bastet, cujo olhar não escondia a tristeza pelo infortúnio de sua filha.

Bastet agradeceu à deusa e disse:

CAPÍTULO 13

— Quando for mais seguro, irei à terra de Khem, onde construiremos o renascer de uma nova civilização, e lá, em homenagem à coragem e ao sacrifício de minha filha, farei com que os gatos sejam adorados como deuses, idolatrados e respeitados. – Ela acariciava o pelo macio e sedoso do novo corpo de Maleca. – Minha filha precisa de um novo nome, já que agora possui um novo corpo. Seu nome será Bastet, em minha homenagem. Obrigada por trazê-la até mim, Kali – agradeceu novamente. – E lamento pela morte de sua amada deusa Karllyn. Saiba que ela está bem. Seu espírito já se prepara para encarnar num corpo alienígena. Ela viverá numa imensa nave, dodecaedro estrelada, chamada Shandi33, que será seu novo lar. Pretendo levar minha filha Bastet para viver em Shandi33. É um lugar fascinante.

— Fico aliviada em saber que minha mãe de alma esteja bem – disse Kali, comovida. – E quanto à Zaliki? – aproveitou para perguntar, uma vez que Bastet tinha o incrível poder de ver e sentir o mundo em todas as dimensões existenciais.

— Ela foi resgatada por seres de Luz, e está muito feliz por ter cumprido sua missão com coragem. Assim como você, Zaliki também ama Karllyn como uma mãe, por isso seguiu a deusa. Também viverá em Shandi33, e nascerá com o nome de Liv. Eu deixarei sob a proteção da minha filha, que receberá meu nome: Bastet. Um dia, vocês três irão se reencontrar na nave Shandi33.

— Que bom ouvir isso – respondeu Kali, e se despediu, alçando voo, rumo à terra de Khem, onde seus pais estavam construindo uma nova civilização.

Do alto, viu uma grande pirâmide entre a vasta floresta densa. Sua chegada foi avistada por humanos selvagens, que correram de medo aos gritos. Kali, com suas imensas asas negras, a pele coberta por uma camada de óleo negro e olhos vermelhos, parecia para os humanos selvagens a personificação do demônio.

Ela pousou perto da entrada oculta da grande pirâmide de Quéops, onde foi recebida por sua mãe biológica, a deusa Mut, e pelo deus Thoth.

– Minha filha! – disse Mut, com naturalidade. – Sabia que um dia você se tornaria uma deusa – declarou orgulhosa.

Kali não sabia nem por onde começar. Eram muitas as questões que precisava resolver com sua mãe.

– Peço perdão por ter destruído seu templo e matado suas sacerdotisas – começou.

– Não há nada para se perdoar, pois não tenho ressentimento algum – respondeu Mut.

– Não é seguro ficarem aqui – avisou Kali. – Estão muito expostos, em evidência. A segunda grande guerra apenas começou. Vim para levá-los a Shambala, onde ficarão protegidos até o fim da guerra. E, quando tudo acabar, poderão voltar e reiniciar esta nova civilização.

– Estávamos à sua espera – disse Thoth –, sabíamos que viria nos buscar no momento certo.

Através de um portal, Kali levou os deuses que estavam na terra de Khem a Shambala. E prometeu voltar para buscá-los quando não houvesse mais perigo.

Se desejasse, ela poderia se deslocar usando apenas portais, mas Kali amava bater suas asas e voar, sentir o vento gélido no rosto, ver o mundo de uma forma

CAPÍTULO 13

abrangente, do alto do céu. Então, novamente, alçou voo e partiu, seguiu pelas cordilheiras do Himalaia, fazendo rasantes e curtindo sua habilidade de voar. E assim chegou ao seu templo, o templo de Kali.

O local estava vazio. Todos os anjos caídos e bruxas que ali viviam haviam fugido. Sabiam que a deusa Kali estava furiosa com eles.

Seu templo a reconheceu, as portas se abriram para que ela entrasse. Com seus olhos de deusa, pôde ver ao redor detalhes que passaram despercebidos aos olhos de Nur: era de uma beleza sem igual. Seu templo tinha um conceito que era a representação perfeita de sua natureza. Sentia-se bem, ali, no topo da cordilheira do Himalaia, sob a neve densa e o frio gélido, protegendo a pirâmide de Nakkal, que guardaria o poder da Kundalini de Gaia durante a Kali-yuga.

Admirando seu templo, seguiu até seu trono, feito de pedras vulcânicas entalhadas com serpentes entrelaçadas. Ela sentou-se confortavelmente e, enfim, pôde usar seu poder de Transformadora de Destino sem impedimentos.

Kali fechou os olhos, concentrou-se e foi para o futuro, para ver o que os inimigos pretendiam fazer.

Em todas as possibilidades que ela viu no futuro, o planeta Gaia seria destruído pelo mau uso da energia vril ou pela magia das trevas.

Ela precisava resolver aquilo, criar algo para impedir que os inimigos destruíssem o mundo.

Kali passou horas em seu trono, viajando ao futuro e voltando com novas estratégias. Nada dava certo. Então, esgotada, sentindo o ódio crescer em suas entranhas, entendeu que a única maneira de impedir que os anjos caídos e os marcianos destruíssem o planeta por completo seria um apocalipse e o bloqueio genético dos dons mágicos.

Ela teria que usar todos os seus poderes para destruir os dois reinos e ocultar todo o conhecimento existente sobre magia. Somente a aniquilação completa da era de Luz, de Atlântida e da antiga Lemúrya salvaria Gaia, pois o poder do conhecimento nas mãos de seres das trevas seria a destruição do mundo.

Ela iria precisar da ajuda dos anunnakis. Eles eram ótimos cientistas genéticos. Entrou em contato com eles e ordenou que criassem uma arca para armazenar os materiais genéticos de todas as espécies de vida do planeta, e contou o que pretendia fazer.

Os anunnakis aceitaram a missão, com a condição de poderem extrair todo o ouro dos dois reinos e de outras regiões, como já estava acordado com o Conselho dos Doze.

O mundo estava cada vez mais decadente, tudo estava colapsando. Milhares de exilados da constelação de Capela, rebeldes e enfurecidos, nasciam e faziam mau uso dos poderes mágicos dos dois reinos. Somente o apocalipse salvaria o planeta. Um recomeço, com os genes desativados e os saberes ocultados, seria a única solução para que Gaia não fosse destruída.

A realização do apocalipse levou dezenas de anos, até as sociedades atlante e lemuryana chegarem a um ponto de extrema decadência, prejudicando gravemente o campo etérico de Gaia.

CAPÍTULO 13

Nesse período, Kali não saiu de seu templo. Permanecia reclusa, meditando e planejando o apocalipse.

Até que o momento chegou. Então, ela bateu suas asas e voou bem alto. Conectou-se com Gaia, com o Sol e com a Lua, e a destruição começou.

As placas tectônicas de Gaia começaram a vibrar, dançando num balé tempestuoso. Os mares se agitaram, montanhas ruíram e outras surgiram. Lá do alto, Kali pôde ver Lemúrya afundando lentamente, desaparecendo na profundeza abissal do oceano. Ver a pequena mandala de Ashter desaparecer, levando embora toda a magia restante de Maeer, partiu sua alma. Seu próprio templo não foi poupado, pois guardava saberes perigosos que poderiam cair nas mãos erradas. Manteve, porém, a pirâmide de Nakkal, para ali ser abrigada e protegida a Kundalini de Gaia.

Depois foi a vez de Atlântida. Gaia estava coberta por nuvens negras de tempestades. Furacões, tornados, maremotos; o dilúvio engoliu tudo que existia. Novas terras surgiram. Um novo alvorecer sombrio, sem a magia e o encanto da era de Luz dos dois reinos. Seria uma longa era de escuridão. Kali-yuga ganhava forma.

O pânico ficaria para sempre registrado na psicosfera planetária e no inconsciente coletivo, tamanhos eram a dor e o sofrimento causados naquele apocalipse.

Espíritos perdidos vagavam na superfície do planeta. Era o inferno na terra, e seria este o novo nome do planeta: *Terra*.

Ao término do apocalipse, Kali viu uma bela estrela se aproximando. Era um deus, um anjo ou arcanjo. O ser mais belo que já havia visto. Ele se aproximava lentamente para não a assustar.

— Não temas — disse a bela estrela de asas de luz —, sou seu pai, Lúcifer.

— Meu pai é o deus Ámon — respondeu ela.

Lúcifer nunca teve boa fama nos dois reinos. Foi um grande general na terrível guerra de Órion, responsável por destruir planetas e muitas vidas.

— Seu pai biológico é Ámon, eu sei — concordou Lúcifer. — Eu sou seu pai de alma. Assim como Karllyn é sua mãe de alma. Nós três fazemos parte da mesma mônada, temos o mesmo *Eu Superior* projetando nossas consciências. Eu e Karllyn somos os mais antigos e experientes dessas consciências projetadas pelo nosso Eu Superior, por isso somos considerados os pais de nossa mônada. Portanto, somos o mesmo Ser, experimentando vidas de diferentes formas. Eu sou sua chama gêmea.

— O que quer de mim? — perguntou. Sentia na profundeza de sua alma que Lúcifer dizia a verdade.

— Vim ajudá-la a reinar na Kali-yuga. Irá precisar da minha ajuda.

— Estou me saindo muito bem até agora.

— Sim, você é ótima em destruir. Mas precisará controlar os espíritos vagantes para poder estabelecer a ordem. Precisará criar umbrais, caso contrário este planeta será um verdadeiro inferno incapaz de evolução. Sei como ajudar, pois trabalho exilando espíritos rebeldes para planetas decadentes. Fui eu quem trouxe os exilados de Capela para cá. Conheço bem esse povo, sei como lidar com eles.

Kali, vendo os espíritos vagando perdidos na superfície da Terra, aceitou a oferta de Lúcifer. Realmente precisava

CAPÍTULO 13

de ajuda para prender os anjos caídos e os marcianos na roda do Samsara, na Terra de Kali-yuga.

Enquanto Kali terminava de destruir o antigo mundo, Lúcifer criava umbrais e levava os espíritos perdidos para lá. Eram poucos os espíritos que criavam uma realidade diferente da umbralina. O planeta todo era um verdadeiro umbral, em diversos níveis.

Os espíritos de Luz deixaram Kali e Lúcifer executarem sua sinfonia, enlaçando o mundo com a escuridão das trevas.

A Fonte Criadora está presente em tudo, mas somente almas evoluídas conseguem ver a beleza e a perfeição dos ciclos da natureza de destruição e nascimento. Na nova Terra de escuridão, almas infantis agiam com intolerância e ignorância, não aceitavam a autorresponsabilidade como cocriadores de sua realidade, caindo na vitimização que as levava a realidades umbralinas.

O sagrado feminino foi morrendo, e a escuridão foi tomando conta de tudo. No novo mundo da Kali-yuga, as mulheres perderiam seu poder. O mundo seria comandado pelos homens. Um mundo de disputas e guerras.

Não que o sagrado masculino fosse a escuridão e a guerra. Mas o excesso de uma força sempre gera desequilíbrio, assim como o excesso do sagrado feminino levou os dois reinos ao colapso.

Antes de mergulhar no umbral e lá reinar por doze mil anos, Kali precisava se despedir de sua mãe, Mut, e levar os deuses de volta para a terra de Khem, onde havia um poderoso vórtex de energia vril, essencial para os deuses reconstruírem uma nova sociedade.

Kali abriu um portal e foi até Shambala. Não podia evitar o seu constrangimento por ter sido a causadora do apocalipse e da destruição da magia feminina.

Mut percebeu aquele sentimento.

— Jamais se envergonhe de ser quem é, minha filha — disse Mut. — Todos temos papel importante neste mundo. Se você aceitou representar um papel tão difícil, foi por ter coragem. Deve se orgulhar disso, de sua coragem. Não se sinta culpada. Você teve que destruir os dois reinos para salvar o planeta. E quando Kali-yuga chegar ao fim, sua mãe de alma, Karllyn, irá resgatá-la da escuridão, e então você terá a chance de criar uma nova realidade. Seu nome será Madhu. A nova realidade de Luz será a realidade de Madhu, doce como o mel.

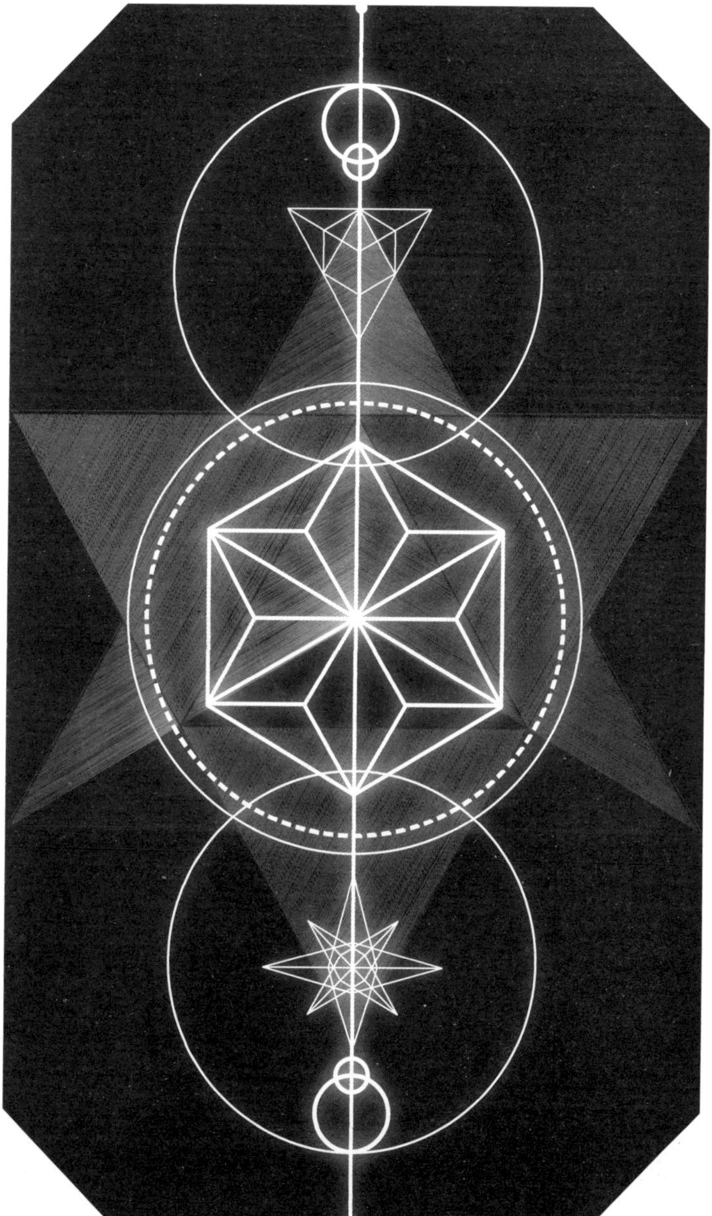

Compartilhando propósitos e conectando pessoas
Visite nosso site e fique por dentro dos nossos lançamentos:
www.gruponovoseculo.com.br

facebook.com/NovoSeculoEditora
@novoseculoeditora
@NovoSeculo
novo século editora

gruponovoseculo
.com.br

Edição: 1ª
Fonte: Warnock Pro